# あの日、タワマンで君と

Akimaro Mori

A Theory of Happiness in a City

森 晶麿

小学館

目次

装画　が ー こ

装丁　川谷康久

# あの日、
# タワマンで
# 君と

# プロローグ　そこに君がいたから

——創一《そういち》くん、山下《やました》、創一くん。

遠い記憶のなかの呼び声が、耳によみがえる。

静香《しずか》が呼ぶと、まるで自分の名前が砂浜で拾った七色の貝殻みたいに特別に感じられた。

——君を今日一日、うちのパートナーに任命したげるよ。

彼女は俺を指差し、バーンと撃つ真似《まね》をしてみせた。太古の洞窟の壁画に描かれていても驚かないくらい昔の出来事に思える。

月日は一瞬で過ぎ去る。

あれは——修学旅行の時だった。

俺と静香はあの日、偶然を装って東京の街を目的もなく一緒に歩いた。

午前中に浅草《あさくさ》を回り、午後は渋谷《しぶや》ヒカリエでの班行動を義務付けられていた。とはいえ、実質は仲のいい者同士、好き勝手に動いていた。高校生なんてそこまで制御しきれるものじゃない。

ただ、ヒカリエから飛び出してタワレコへ行こうとしていたのは、俺くらいだろう。エレベータに乗るタイミングで、背後に視線を感じなかったわけではない。誰か見てるな、とぼんやり思った。しかし、ヒカリエを出た後は、東京の街を一人で探索することに夢中になってそんなことは忘れてしまった。

スクランブル交差点に来た時だった。

背後から、シャツの裾をつかまれた。

振り返ると——そこにクラスメイトの静香がいた。

——集団の和を乱すんはダメよ。せめて二人一組。大都会やし。

それから、彼女は俺の名を呼び、パートナーに任命すると言ったのだ。クラスでは、二、三回話したことがある程度の仲だった。互いに引っ込み思案で、ふだんは目立たない。そんな二人が、東京の空の下では、なぜかありのままで話せた。

彼女も音楽好きらしく、タワレコに同行したがった。夕方にヒカリエに戻れば、たぶん文句は言われない。その後は、本屋に行きたいという静香の要望で、渋谷を離れて新宿《しんじゅく》の紀伊國屋《きのくにや》書店を訪れ、そのついでに新宿ピカデリーでウディ・アレンの映画を途中から観《み》たりした。ほかにも、小さなコロッケ屋で買い食いしたり、つぶれかけのゲームセンターに入ったり、東京じゃなくても、どこの街でもできそうなことばかりしていた。

音楽と本と映画、そのすべてをこよなく愛している静香は話の引き出しが多くて、とりとめのないおしゃべりをしているだけでも時間は高速で流れていった。あまりにも楽しくて、かえって細部が覚えきれない、そんな時間だった。

ただ、名づけようのない曖昧な空の向こうに、東京スカイツリーが見えたのは覚えている。あと、みんなのところに戻る間際に、慌てて土産物屋で揃《そろ》いのミサンガを買ったことも。オーガンジーという素材でできているらしく、雪の結晶を象《かたど》った模様が編みこまれていて、数か所だけ翡《ひ》翠《すい》があしらわれていた。

　初めて宝石を身につけているみたいな妙な気分だった。結局、恥ずかしくてその後それをつけたことはなかったけれど。

　月日は、あまりにも一瞬で流れ去る。無慈悲に、残酷に。

　しょうじき、かくも人生が後戻りのきかないものだとは思わなかった。


　そして――時が経《た》ち、気づけば二十代後半。もう高校どころか大学時代の記憶さえおぼろになりかけたある日の午後のこと。

　その日も、俺は相変わらず東京の空を見上げていた。

　あの日と同じように。

　違いは、となりには誰もいないってことだろうか。

　――東京の空って、きっとお人よしなんやろな。ほら、何万人もの憂鬱を他人事《ひとごと》と思えんと吸い込みよったせいで、あんな冴《さ》えない灰色をしょーるんよ。

　不意にあの日の静香の言葉を思い出した。あの日、二人で撮った写真は、部屋の引き出しにミサンガと一緒にしまったきりだ。どうせあの頃に戻れるわけでもない。

　どうせ――。

　けれど、俺はまだ知らなかったのだ。この時、スマホに届いた一件の配達依頼通知によって、運命が大きく動き出そうとしていることを。

# 第一章　ずっと見守りたくて

1

大きなため息をつきつつ、俺はクロスバイク〈ネイティブダンサー号〉のブレーキをかけ、ペダルから左足を下ろした。四月も半ばになると、一時間もサイクリングしたら汗をかく。

「今日まだ四件目かぁ……全然稼げてないな」

今いるのは、弁慶橋《べんけいばし》の真ん中あたり。配送先は、この橋の先にある。リュックの脇からウィルキンソンを取り出して飲みつつ、飛び交う鳥たちにスマホのカメラレンズを向けた。相変わらずウィルキンソンの炭酸は強烈だ。これだけ刺激があればビールを飲んでいるような気になる。

考えてみれば、いいご身分だ。午後二時、多くの社会人があくせく働く時間に、こうして足を止めて、風景なんか撮影しているわけだから。

いま撮った写真を確かめた。手ブレがひどくて、鳥なのか紙切れなのかもわからない。まるで俺の記憶じゃん。

不思議なもので、それなりに丁寧に生きてきたつもりなのに、思い出を振り返るとおぼろだ。

友人や恋人の顔一つ一つが、こっそり紙切れに変わっていても気づかない気さえする。

それというのも――人生の駒を進める活力が湧かない。駒の配置が、悪すぎる。虚《むな》しさはドミノ倒しのように現在から過去へと遡行し、俺の人生すべてを染め抜こうとしている。

もしもそんな虚しさに染められない記憶があるとしたら、それは静香とともに過ごした断片的な光景くらいか。

だけど結局、思い出せば、今がしんどくなるだけだ。

最近じゃ、山下創一という自分の名前が他人事みたいに響く。二十六歳でウーマイーツ配達スタッフ――〈マインズ〉。俺が仕事の話をすると、けっこうな知り合いが「あーはいはい」と生ぬるい同情の目を向けてくる。最近はよくいるからね、たしかに。若者のトレンドと言ってもい い。だけどそれは、全然ポジティブなトレンドじゃない。

一応、知らない人のために。ウーマイーツというのは、いわゆる配達代行サービスとして発展した新興企業だ。もちろん全員、登録スタッフ。配達先に表示される俺の登録情報は〈26歳、男、身長175㎝、体重56kg、好きな食べ物KitKat〉。

業務上、名は奪われ〈4443番〉と呼ばれている。これはけっこううれしかった。4443番。米津玄師《よねづけんし》が《キック・バック》で歌っている自販機のハズレ番号。だからハズレの人生、とまで卑下するつもりはないけれど、これが当たりなら、人生は相当なクソゲーだろうな、とは思う。

とにかく、最近じゃ自分の名前を思い出すのは、親からの電話の時くらいだ。あとは公共料金の振り込み用紙とか役所からの知らせが来た時。山下創一は、うんざりするものしか背負っていないのが実情だ。

それに比べりゃ、4443番くんは気楽なもんよ。

四年前、いつ終わるとも知れない就職活動に嫌気がさしてリクルートスーツをしまった時、大学の同級生は俺を見て笑ったものだった。

――もしかして、ミュージシャンでも目指す気か？

――まさか。

当時の俺は軽音サークルに籍を置いていた。といっても、活動はほぼせず、年に一回学園祭でボーカルをやるだけ。それほど歌がうまいわけでもない。ただ、音楽は好きだった。高校時代からずっと。いろんな音楽を聴いたり、歌ったりするたびに、少しずつ自分が拡張していくような感覚が好きだった。でも、それだけだ。具体的な将来には結びつきようがない。

――じゃあ就職しないでどうする気なんだよ？

――さあ、どうする気なんだろうな。

本当にわからなかった。俺は昔からモノを深く考えない。ただ、一つだけわかっていたのは、べつに入りたくもない企業に〈我が社を志望した動機は？〉とか無茶な質問をされるのに、もうウンザリだったってことだ。

御社の名前なんて就活サイトで初めて知ったし、何なら今だって名前しか知りませんよ。まあ、そんなことは言えない。言う必要もないし。だからやめた。それ以上の理由はなかった。

むしろ、同じ青春を歩んできたはずの同級生がどうしてこんな理不尽なゲームに乗じ、あまつさえクリアまでしてしまえるのか、そっちのほうが不思議でならない。

たぶんはじめから生き物としての出来が違ったのだろう。俺にはふつうの企業に就職して生きられるようなスペックは、備わってなかったんだな。

で、あっという間の四年間だ。とはいえその「たった四年」の間に米津玄師は頂点に上りつめた。歳月というのは、不公平なものだ。

それで、俺はといえば、そう――４４４３番だ。

大きく息を吸った。

なんであれ、こんな中途半端な人間に対しても酸素は平等にあって、たっぷり肺に送り込まれてくる。代わりに二酸化炭素を吐き出す。そうやって都市の代謝の一部になる。

ウーマイーツの業務は単純だ。自分が配達したいエリア、時間にチェックを入れておくと、依頼がアプリに送られてくる。その近所にいれば配達希望を申請。配達時間は一時間ごとに指定できる。店で用意さえできれば、空いている時間に店に荷物を取りに行き、あとは指定時間内に配達し、「完了」とアプリにチェックを入れるだけ。

とある配達業《ウーバー》みたいに、ＧＰＳで配達状況を管理されたりしないだけ自由がきくが、そのぶん誤配達などへのペナルティは厳しい。ただし、配達商品が飲食店の料理にかぎらず、冷凍食品や日用品、文具や雑貨なんかも扱っているから、依頼が舞い込む確率はウーマのほうが高いかもしれない。

薄給っちゃ薄給だけどね。でもそれは考え方による。

たしかに、コンビニバイトで八時間働いたほうが、エリアによっては一日の稼ぎはいいが、自由はウーマのほうがきく。とにかく気軽に稼げるメリットはある。ライバル会社より、ウーマイーツを選んだのは、そうした気軽さからだった。せっかくドロップアウトしたんだから、貧困という逃れがたい蜘蛛《くも》の糸以外のすべてからとことん自由でいたかった。

ふたたびハンドルを握ると、弁慶橋を渡って首都高を潜《くぐ》り、六本木《ろっぽんぎ》方面に向けて〈ネイティブダンサー号〉を走らせた。両脇にそびえる高層タワーマンションの一群を見上げてると、何だか妙なため息が出てくる。この辺りの高層マンションなんて、ふつうに生きてたら一生に一度だってその中に入る機会はない。だけど、配達スタッフとしてなら入れる。いわゆる〝タワマン〟に届け物をしたことが、これまでも数度あった。

マンションとは思えない荘厳なゲートを潜って、コンシェルジュなんかがいる二層だか三層だかの吹き抜けのエントランスホールを通り抜け、間違えないように部屋番号を押す。この瞬間がいちばん緊張する。

〈うまいを即お届け、ウーマイーツです〉という例のキャッチコピーを口にするのがいつものフロー。玄関先で商品を渡したら、礼を言う頃にはドアを鼻先でぴしゃりと閉められるのがお決まりの流れだ。

全員がそうとは言わないが、なにもご立派な一戸建てや高級マンションやらに住んでいなくたって、多くの人間が俺たちを記号か記号以下に考えているのは透けて見える。

もともと業者なんてそんなもんなのかもしれないが、ネットで制服を購入したら即スタッフ内定みたいな〈ウーマイーツ〉の配達員は、この超不景気の国で息も絶え絶えな最下層に見えるのだろう。

日々何か考えながら暮らしてるって意味じゃ、もしかしたらあんたらよりマシかもしれないぜ？　とまあそんなことは言っても仕方のないことだ。

とにかく俺は、消費者の愚かな差別的眼差《まなざ》しはあんまり気にしないようにしていた。俺はただ〈ウーマイーツ〉の利点を享受したいだけだし、実際いまのところその点には満足していた。山下創一くんの人生はお留守だが、４４４３番くんの人生としては、ね。

一日のノルマを決めて、配達が集中しそうなエリアに見当をつける。あとは、その周辺までサイクリングして、配達依頼を待つだけ。お気楽なものだ。

東京の空は、今日も灰色と白と水色の中間。

静香、君の言うとおり、東京の空は今日もお人よしだよ。

でも、慣れてしまえば、こんな空でもしっかり水色に見えてくる。きっとそれは悪いことじゃないんじゃないのかな。

2

四件目の仕事が終わってマックで休憩。三十分くらいうたた寝するとけっこう疲れがとれる。で、時計を見ると五時過ぎ。今日はこれで終わるか？　少ないけど。いつでもやめられるのがこの仕事の利点だ。

ウィルキンソンも残り少なくなってきた。そろそろ帰って動画漁《あさ》りでもするか。

俺の自宅アパートは、市ヶ谷《いちがや》にある。なのに六本木周辺で張ってることが多いのは、自炊より宅配サービスでランチやディナーを済ませたい高給取りがたんまり住んでいるからだ。

ここから〈ネイティブダンサー号〉を飛ばせば二十分弱。これくらいならひと汗かく前に帰れるだろう――ってこういうタイミングでスマホに通知が届く。〈ウーマイーツ〉アプリの通知音だ。まいったね。どうする？　とりあえず配送先だけ確かめとくか。

〈配送者募集。配送先、六本木ハイエストタワー４７０４号室〉

「うわぁ……これは……誰も行かねーぞ……」

このエリアで家賃も建物の高さもいちばんだって言われてるのが、タワマン〈六本木ハイエストタワー〉だ。総戸数は二百なんぼ。で、最上階が四十七階。四七はじまりの部屋というのは、要するに最上階にあることを意味してる。

七年前まではその隣の〈六本木モアグランドタワー〉がいちばん高かった。けど、張り合うみたいに一階分だけ高い〈六本木ハイエストタワー〉ができた。

ここは、マインズは誰も行きたがらない。住んでる連中の大半が成金体質で、マナーも何もあったもんじゃないのだ。やたらとマインズを見下してくるところも嫌われる要因だが、それだけなら、まあ一瞬のことだし我慢すりゃいい。でも、タワマンは総戸数が多ければ多いほどエレベータが渋滞する。ここで時間を取られると、一日の配達件数に影響してくる。だから皆、渋るわけだ。

〈六本木ハイエストタワー〉のあるエリアは高層タワーが並んでいるのに、隣にはさらに高いタワマンを建設中らしい。吉井《よしい》和哉《かずや》の《ビルマニア》って曲があったが、最近の東京はすっかり〈タワーマニア〉だ。

俺はためしに十秒待ってみた。だが、応募者はゼロのままだ。どうする？　ちなみに何を配達するんだ？

チェーン店の安い料理ならやめとこうと思った。というのも、〈ウーマイーツ〉には、配達先が不在だった時はマインズが料理を持って帰っていいルールがある。もしも高級料理店の宅配だったりしたら、ワンチャンそいつが俺の胃袋に入る可能性もある。

〈依頼店及び配達商品の詳細〉をタッチした。

イタリア料理店〈ロッソ・デ・ロッソ〉。ミシュランに何度も載ったことがあるとかいう名店じゃないか。こりゃ行くっきゃない。

すぐに配達希望申請を出して、まず〈ロッソ・デ・ロッソ〉に向かった。初めて来たけど、小《こ》洒落《じゃれ》た店構えだ。本来なら来店客だけで運営していたいのだろう。こういう店は存外多い。大抵は、コロナ禍の営業自粛期間に宅配サービスに手を出し、やめるきっかけを失ったのだ。

実際、この辺りの人口は以前より増えてるはずなのに、出歩く人が減った。在宅ワークで食事を宅配に頼るのが、このエリアに住む人々の現在のライフスタイルなのだろう。まあ何でもいい。うまそうな匂いじゃないか。三人分くらいか、たっぷりある。半分はいま食べて残りは冷凍するっていう手もあるよな。頼む、奇跡よ起これ。不在であれ。そんなことを考えながら俺は〈六本木ハイエストタワー〉を目指して〈ネイティブダンサー号〉を走らせた。

専用駐輪場にクロスバイクを停《と》める。改めてタワーを見上げると、あまりの高さに眩暈《めまい》がした。お隣の〈六本木モアグランドタワー〉との間に、例の新たに建設中の建物もある。すでに十階くらいまでは骨組みが終わってるみたいだが、両隣のタワマンのせいでまだまだ小さな子どもに見える。

そんなことを考えつつ、〈六本木ハイエストタワー〉のゲートを潜った。エントランスホールは、三層吹き抜けの広々とした空間だ。いつもならここの配達は避けるから、入るのはまだ三度目だ。

それにしても絢爛《けんらん》な作りだ。高級ホテルもかくやという雰囲気。この異空間を、黒い制服を着た全身広告塔みたいなマインズが歩くと、コンシェルジュが軽い会釈をする。営業スマイル。悪いことはするなよ、という暗黙のうちの警告さえ聞こえる気がする。居住者及びゲスト用の出入口と、業者用の出入口が分かれている。業者用は混雑しているが、こっちを使う決まりだから仕方ない。幸い、今日は十分ほどですぐに順番が回ってきた。

出るなよ、出るなよ、と念じながら、インターホンを押した。が、ほどなく、男の声が聞こえた。やっぱダメか。そりゃそうだ。注文しといて不在なんて、よほどの間抜けがやることだ。四七〇四号室の住人は、わりと甲高い声の男だった。

「はぁい？」

まるで直前まで笑い転げていて、急に邪魔されたみたいなテンションだった。自分で呼んだくせに。

「うまいを即お届け、ウーマイーツです」

「ああ、そっかそっか。忘れてたわ。どーぞー。いまドア開けるから、エレベータにそのまま乗って」

「かしこまりました」

すぐに自動ドアが音もなく開いた。その先にあるエレベータまで同時に開く。乗り込むとすぐに閉まり、これまた音も立てずに昇り始めた。もちろん、降りる階のボタンなんか押す必要もない。

しばしじっとしているだけで、目的のフロアにたどり着いた。ふかふかのカーペットが敷かれた内廊下を歩いて四七〇四号室を目指す。

依頼人の名は、多和田彗都《たわだすいと》。俺はインターホンを押すと、わずかに離れた場所に立った。前にドアを勢いよく開けられて料理が台無しになったことがあったからね。

ほどなく住人が現れた。甲高い声の持ち主は、比較的整った顔立ちの青年だった。とりたてて美男子ってわけじゃないけど、線が細くて女に不自由しない感じ。俺も似た系統と言えなくはないけど、大学時代はよく〈惜しい顔〉って言われた。そういう意味では似た系統でもコイツが当たりで、俺がハズレなんだろう。

背や年齢は俺と同じくらいか。俺たちの世代では百七十五センチといったら、平均クラスだ。高くも低くもない、ありがちなスタイルということになる。

にも拘《かか》わらず、俺とそいつには圧倒的な差が感じられた。顔の要素だって似たり寄ったりなのに。すべては金の為《な》せる業か。何にせよ人生は不公平だ。

〈格差社会から超格差社会へ〉というが、日頃は目の前の現実の処理に気をとられていて、自分以外には目が向かない。だが、こうしてまったく別次元の暮らしをしている人間を目の当たりにすると、はっきりとした差があることを認識させられる。

食べるものや着る服も違えば、肌の手入れの仕方だって違う。そうした小さな違いの積み重ねが、大きな違いとなって表層に現れるってわけだ。それが、〈顔〉なのだろう。

待て待て。俺にだって、一つくらいこの男に敵《かな》うものがあるはず。猜疑心《さいぎしん》、自己嫌悪、天邪鬼《あまのじゃく》、妬み、粗野……ほら、数えてみりゃけっこうある。問題は、そのどれもが値打ちのなさそうなものに思えることとだけど。

「ウーマイーツです。ご注文の商品をお届けに上がりました。〈ロッソ・デ・ロッソ〉さんのスペシャルディナーコースが二点、ロイヤルサーロインが二点、スイートグランムースが二点でよろしいでしょうか？」

「ビンゴだね」

なぜか青年は、上機嫌にそう呟《つぶや》いた。何だ、コイツ？

「え？」

「いや、こっちの話。構わないよ。ありがとう」

支払いはすでに処理されている。商品を手渡したら、あとはスマイルを崩さぬまま引き返すだけだ。

「それでは、またのご利用をお待ちしております。ありがとうございました」

お辞儀をしたが、なぜか多和田はドアを押さえたままだ。

「ああちょっと待って」

厄介なクレーマー客か。商品についての話なら、店にしてもらわないと無理だ。俺は単なる運び屋なのだから。

ところが、多和田は意外なことを言った。

「ちょうどいいところに来たじゃん」

いや、おまえが呼んだんだろうが。

「今、ちょっとしたショウをやってる。上がって見ていかない？」

一瞬、何を提案されているのかよく理解できなかった。ちょっとしたショウ？　俺が上がって見ていく？　なんで？

でも、問い質《ただ》すような空気じゃなかった。多和田は朗らかに笑っていて、一切の邪気が感じられなかった。まるで、このタワーに住む連中にとっては、ごく当たり前の提案みたいに思えた。

きっと、こういう暮らしをしている者の間じゃ、よくある社交辞令なのだろう。一応誘って、こっちもそれを承知で断る、的な。だとしたら、何とも面倒な儀式だ。

「すみません、まだ仕事中なので……」

本当は一件終われば、次の配達依頼が表示されるまでは暇でしかないし、今日はもうこれ以上仕事を受ける気はなかった。でも、そんなことはこの男には関係のない話だ。

ところが、多和田は俺のこの辞退にもめげなかった。

「ウーマイーツのシステムなら聞いたことあるよ。配達完了の報告をするだけだろ？　それから次の配達依頼を待つ。それも、君宛てにくるわけじゃなくて、エリア周辺にいるスタッフ全員に送られ、早く申告した者に仕事が回る。だろ？」

多和田は馴《な》れ馴《な》れしく肩に腕なんか回してきた。甘いワインの匂いがする。酔ってるのか。面倒だな。早いとこ切り上げないと――。

「ええ。でも、なるべく多く回らなければならないので」

「金のために？」

そんなことをダイレクトに聞いてくる客は初めてだ。

「……そうです、お金のためです」

すると、多和田はおかしそうに笑った。

「じゃあこれでどう？　今日一日の君の稼ぎより多いだろ？」

彼はポケットから一万円札を三枚取り出して、「やるよ」と押し付けてきた。

「受け取れよ。君の時間を買いたいんだ」

俺の時間を買う、だと？　なんで——？　そう問うなら、まさに今のタイミングしかない。でも、俺はそれを逸した。部屋の奥から、声がしたから。

「何してるの？　多和田？」

甘ったるい女の声だ。声からもいい匂いが漂ってきそうだった。もうそれだけで劣等感を抱くにはじゅうぶんなくらいだ。

「料理が届いたんだ。出てこいよ」と多和田は女に答えた。女の姿は見えないが、見えないからこそ想像が膨らむ。

「あとでいい。バトルのあとで」

バトル？　何だそれ？

とにかく、女の返事で、急に多和田は不機嫌になって「あっそ。友だち上げるぜ」と吐き捨てるように言った。〈友だち〉ときたよ。俺のことを言ったのなら、どう考えても正気じゃない。

「友だちなんていないでしょ？　面倒な奴《やつ》入れないでよ」

女の言い方は気怠《けだる》くて色気がある。たぶんスマホを見ながらとか本を読みながらとかなのだろう、気のない返事だ。

　多和田は俺の目を見てニヤリと笑った。

「僕ら、友だちだよな？　だろ？」

　お客に対して違いますとは答えにくい。俺は曖昧な笑いを馬鹿みたいに浮かべた。すると、多和田は俺の頬をぐいとつまんできた。

「友だちだろう？　だから君は料理を運んでくれた。ね？　だろ？」

　脅迫か？　俺は完全にビビっていた。

「ええと、はい……」

　俺の返事で、また多和田はご機嫌に戻った。感情の起伏が激しい。

「そうと決まったら、行くぞ」

　彼はそう言うと、顎で中に入るように合図した。

　俺のアパートの部屋よりも広そうな廊下が、まっすぐ奥のリビングルームへとつながっていた。そこに待ち受けているのが、まったく異質な日常であることは予想できた。だけど、それがどれほど危険で後戻りのできない世界であるかなんて、そのときの俺に想像できるわけもなかったのだ。

3

「ほら、始まるぞ、行こう！」

　多和田は興奮気味に急《せ》かしたけど、玄関で靴を脱いだ段階からずっと気まずい。何しろ一日労働していた汗の染み込んだ靴下だ。こんな高級マンションの一室をベタベタ歩いていいわけがない。

ところが――広大なリビングに着いたら、そんな悩みは消し飛んだ。唖然《あぜん》とした。広さも予想以上だが、リビングの開放感はそれだけじゃ説明がつかない。恐らくは、天井高と照明、梁《はり》の造りのせいなんだろう。

ふつうの家屋に比べてかなり天井が高いうえに、その空間には凸凹《でこぼこ》がまるでない。そういう特殊な工法があると聞いたことがある。開放感を演出するための大前提が用意されてるんだから、どんな家具を置いても映えるに決まっている。

世間がタワマンタワマンと馬鹿の一つ覚えみたいに言う理由が、理解できた気がした。それに、ここは最上階なのに窓が埋め込み式じゃなくて、六畳分くらいはありそうなバルコニーまでついてる。もはや天空の城だ。これだけでもため息が出るくらいだが、そこに配置された家具がいちいち立派ときている。部屋の隅、本棚の脇にある椅子は、インスタでモデルが座っているのを見たことがある。シンプルな作りだけど座り心地はよさそうだ。

そして今、多和田が腰かけたソファ――一目で本革仕様とわかる。どこのブランドかは知らないが、曲線まで気品に満ちている。

楕円形《だえんけい》のダイニングテーブルも無駄を削《そ》ぎ落とした形状で機能美が際立っていた。これもきっと有名なブランドのものなのだろう。と、そんなふうに室内の美点を挙げていけばきりがないが、実際のところ、俺が唖然としたのは、リビングの開放感でも家具の高級感でもない。

そこには二人の女の子がいた。彼女たちがただお茶していたなら、まだ理性を保っていられたが、二人は前傾姿勢で互いに睨《にら》み合っていた。一人は、赤いミニのワンピース。もう一人は白のTシャツと青いデニムのショーパン。しかもスタイルのいいこと。タワマンにはこんなモデルみたいな子ばかりがいるのかって舌を巻くレベルだ。

不思議とどっちも、どこかで見たことがあるような気がする。よくいる美人という以上に、強烈な印象を残すタイプの顔の整い方だった。日常生活では必要ないレベルの〈出すぎたかわいさ〉が彼女たちにはあった。

フロアには、二人のものと思《おぼ》しきヘアピンやアクセサリーが散らばっていた。よく見れば、彼女たちの髪は乱れ放題だ。それに、息がだいぶ上がってる。なるべく俺たちに注意を向けないように、意識を集中させている気配があった。二人とも、目を逸《そ》らした瞬間にどちらかがこの世から消されでもするかのような緊張感が漂っていた。

すでに一回やり合ってんな？　鈍い俺でも察しがついた。よく目を凝らせば、とくに派手なメイクをした赤いワンピースの子の唇が切れていて、血がにじみ出ている。彼女は息を整えながらそれをペロリと舐《な》めた。

「いいか、二人に言っておく！　いまの第二ラウンド、クソ試合だった。一ラウンドめもそうだったけど、わかってないな。本気度が足りないんだ。頼むぜ。自分らが何を賭けてんのか、よく考えてくれ」

二人は小さく頷《うなず》いた。納得は全然いってない感じだったけど。

「よーし、それじゃあ、第三ラウンド、始め！」

多和田はそう言い放った。テレビのリモコンのボタンを押すみたいな、ザツな物言いだ。そうして、同時に俺にソファを示した。

俺をここに座らせる気か？　いいのかよ？　でもここまで通されている時点で異常は異常だ。なるようになれ、と腹を括《くく》って、ソファに腰を下ろした。セカストで試した、いちばん高いソファの何倍も座り心地がよかった。

俺は彼女たちが何を始めるのか、固唾《かたず》を呑《の》んで見守った。

突然、彼女たちは互いの髪をつかみあった。赤いワンピースが、青のショーパンに平手打ちを食らわせた。

隣を見たら、多和田は、俺の持ってきた料理をつまみながら、左手でスマホを操作し、その様子を撮影していた。

「そうだ！　そこ！　行け！　ヒミカ！　もう一発いくんだよ！　もたもたすんなボケ！　ほら、カオリ反撃！　反撃しろよ！　ここでオチたらつまんねぇだろうが！」

多和田はひっひっひと笑いながら二人をけしかけた。ヒミカと呼ばれた赤いワンピースが、カオリと呼ばれた青のショーパンの髪をつかむと、勢いよくそのまま投げ飛ばした。カオリが投げ飛ばされた先には重厚感のあるテーブルがあった。カオリはその角にぶつかって悲鳴を上げた。衝撃でグラスが床に落下して割れた。額が切れ、血がどくどく流れた。

ヤバいところに来てしまったなと思ったが、もう引き返せる空気じゃない。そもそも全身に電流が走ったみたいな感じで動けない。その意味じゃ、この〈ショウ〉は間違いなく刺激的だった。

だけど、次の瞬間異変が起こった。倒れたカオリが、勝利を確信したヒミカの一瞬の隙をついて頭突きを食らわせたのだ。あっさり形勢逆転。今度はヒミカがよろめき、さっきのグラスの破片に顔面から突っ込んでうめき声を上げた。右目から右頬にかけて深い傷ができたようだった。だが、カオリはおかまいなしに、すぐにヒミカの足元に抱きつくと、そのままヒミカを転がして首を絞めにかかった。

すぐに多和田が立ち上がった。やっと助ける気になったのかと思ったら、呑気《のんき》にカウントなんか始めた。

「1、2、3、カンカンカン！　よしよし、もう離してやれ。うちで死なれたら困る、もう白目むいてるし」

その言葉で、ようやくカオリは腕を離した。

興奮冷めやらぬ様子で、カオリは部屋を歩きまわり、それから不意にウーマイーツの服を着た俺に目を留めた。

なんでおまえが見てるんだ、と言わんばかりの目だった。わかる。わかるぜ。無理もない。いちばん疑問に思ってるのは俺だ。なぜ彼女たちがこんなことをしているのかはわからないが、たしかにこれは俺のために用意されたショウじゃない。俺にはこれを目撃する権利なんて本当はないのだ。そのことだけは、まったく同意できた。

多和田は、白目をむいているヒミカの頬を軽く叩《たた》いた。反応がないのを確かめると、多和田は新たに取り出したグラスに水を注ぎ、ヒミカの頭からそれをぶっかけやがった。いや、ホント、何なんだよコイツ。頭のねじ何個なくしてんだ？

ヒミカは目を覚ました。頭をぶるぶると犬みたいに振ってから、カオリを見つけると猛進しようとした。

「終わってるよ！　ヒミカ！　もう終わり。君は負けたんだよ」

「え……？　わ、私が、負けた……？」

「そう、動画ばっちり撮ってるから、あとで帰って事務所で見て。もうちょっと粘ってくれないと面白くないから」

それから、多和田はヒミカに分厚い封筒を渡した。

「そして、勝者のカオリには、こちらー」

そう言って、多和田はカオリに紙袋を渡した。そこに札束が入っているであろうことは、カオリの表情を見ればよくわかった。サイズから察するに、ヒミカがもらった封筒の中身の十倍はありそうだ。

ヒミカが泣き崩れ、叫んだ。単なる金への執着でここまで悲しむとも思えない。というか、これはそもそも何なんだ？　ここ数分ですっかり感覚が麻痺《まひ》しているが、かなり異様な光景だ。

カオリは紙袋の中を目を輝かせて確認した後、満足げに頷いた。もう、戦いの疲れはないようだった。

「はい、それじゃ、今日のショウはお開き。撤収！」

二人の感情をまったく考慮しないあっさりとした口調で、多和田が宣言した。マッサージチェアに腰を下ろしてスイッチを入れる。このタイミングでおまえがマッサージチェア座るの？　二人は？

女の子たちもだいぶ戸惑ってた。多和田はそれが気に食わないらしく、ちらっと二人を見やると「あ、床の掃除してってね。血の痕とか、破片も」と言い放った。それから、壁に据え付けられたご立派なオーディオをタブレットで操作する。大音量でパラモアの《スティル・イントゥー・ユー》が流れだした。

大学時代、軽音サークルの女の先輩がパラモア好きだったのを思い出した。パラモアはいわゆるエモいロックをやるアメリカのバンドだ。シンプルなサウンドなのに、派手な感じ。こういう音楽が好きなのか。

あの頃の俺は浴びるように世界中の音楽を聴いていたが、大学を卒業したらにわか雨がやむみたいにその習慣が消えた。気づけば邦楽ばかり聴いている。探求心に蓋をしたのだ。意味がないから。

シャウトするボーカルに急かされるみたいに、二人の女が這《は》いつくばって掃除を始めた。その惨めな光景には、間違いなく勝者なんていなかった。この狂気じみたショウでは、ただ多和田のみが勝者だったのだ。

4

二人の迎えが来るまで、十分かそこらの時間がかかった。彼女たちが去ってから、多和田が言った。

「楽しんでもらえた？」

「ええと……はあ……あれは、何なんですか？」

「ショウだよ。バトルロワイヤルってほどのもんでもないけどね。僕はあんまりテレビ観ないから知らないけど、どう？　二人とも見たことある子じゃなかった？」

既視感を覚えた理由に納得がいった。俺がうなずくと、多和田はマッサージチェアの施術に目を細めながら話した。

「あの子らは、もとはアイドルグループにいたんだ。〈シャロウグレイブ〉ってユニット、知らない？」

「……ああ、二年くらい前に解散しましたよね」

俺もそんなに詳しくはない。あの時期は腐るほどああいうのが出ては消えていったから。ただ、夜な夜な配信映画を観ていた高校時代にダニー・ボイルにハマったことがあったから、その初長編監督作のタイトルからとったらしいユニット名は記憶に残っていた。

「事務所のシャチョーいわく、彼女らはそのユニットの二枚看板だったらしい。解散になったのも、あの子たちの仲が悪かったことが理由なんだってさ。そんな二人がバトルで白黒決めたら面白いんじゃないかと思って、場を設けたわけ」

「彼女たちは納得していたんでしょうか？」

「うう……気持ちぃいい……最高だなぁ……」

マッサージチェアは、〈揉《も》む〉から〈叩く〉に動作を切り替えたところだった。

「ん？　ああ、もちろん。最近あの子らをテレビで観たことあるか？」

「いいえ、ぜんぜん」

というか、存在自体、いま思い出したくらいだ。アイドルユニットなんて、星の数ほどある。

グループ名と歌に聞き覚えはあっても、個体認識まではできてない。

「彼女らは最近じゃ地方の営業くらいしか出番がなくなってた。もういつ解雇されてもおかしくない状況だよ。で、そういう中でも事務所にしがみつきたい子がいるわけ」

「もう一回売れることを夢見て、ですか？」

「あっはっはっは！　もう一回売れる？　笑わせるねぇ。そんな少女じみた話じゃないよ。金だよ、金。多額の借金をしているとかね、そういう理由で、働かざるを得ない。かといって、へたに顔が売れちゃうと、よそでバイトもできない。ってなわけで、芸能界にいつまでもしがみついてしまう」

それでさっきの悲愴《ひそう》な泣きじゃくり方になるわけか。こんな裏話、聞きたくなかった。俺はもう完全にうんざりしていた。早くここから出たい。なのに、ふかふかのソファが俺を離さなかった。多和田の話はまだ続いた。

「そこで始まったのが個人客向けのビジネス。それこそ風俗業と変わらないものもある。額は桁が二つくらい違うけどね。そのほとんどを事務所に持ってかれる。それでも捨てられるよりはマシってわけだよ。で、彼女たちの事務所のシャチョーは、そこまでひどくないから、個人客の前で特別なショウをやるという方針を打ち立てたわけ。うちは風俗はやりません、と。まあそれは賢明な選択だよ。うっかり表に出ちゃうと、風営法違反でたたかれちゃうからね」

「なるほど……」

たしかに、さっきのアレは、一応、ぎりぎりショウの範疇《はんちゅう》とはいえた。生命の危険が伴っているとはいえ、格闘技の興行なんて往々にしてそういうもの。本人たちが望んでいるのであれば、裁判沙汰になる可能性もないのだろう。

だけど、さっきの血走った目が借金返済のためと考えると、何とも言えない気持ちにはなった。後味が悪すぎる。

「さっきの彼女たちも、報酬のほとんどが事務所に取られると知っているんですか？」

「もちろん。それでも、ふつうよりはがっぽり稼げるからね。彼女らの手元には勝ったカオリに数百万、ヒミカにだって三十万くらいはいくはず。なら、何も問題ないよな？」

その段になって、ようやく俺には二人のアイドル時代の像が浮かんできた。とくにヒミカって子は、たしかセンターで華々しくライトを浴びてキラキラした笑顔を見せていたっけ。そうそう、本当は漢字で〈日美香《ひみか》〉って書くんじゃなかったかな。たしか。それがいまやあの血まみれ試合かと思うと、同情を禁じえなかった。

「もしかして、かわいそうに、とか思ってんの？」

「あ、いえ……そういうわけじゃ……」

完全に見抜かれている。

「さすが僕の親友！　君はいい奴だなぁ！　僕だって彼女らが本当の無名だったら呼んでないぜ？　そういう意味じゃ、この仕事だって彼女たちが築いた実績のお陰で与えられたんだから、むしろ名誉に思うべきだと思うけどなー。実際、どう？　すごくいいショウだったと思わないか？　さっきのファイト」

「……ええ、すごく」

最後の〈すごく〉の部分が棒読みになったことは、たぶん伝わらなかっただろう。

「あの二人の不仲が原因でグループ解散てことになってるけど、じつはその前にそれぞれ週刊誌にラブホ写真を撮られたんだ。握りつぶしてもコアなファンにはバレるし、そうするとファン離れは避けられない。そこで事務所がツートップの不仲が原因という噂《うわさ》を流して解散させた。それが、傷を最小限に食い止める策略だったんだろう。まあバレバレだったけどね」

そう言われて、何となくそのへんのいきさつをSNSか何かで見た記憶があることに気づいた。だから漢字でインプットされていたのか。

マッサージチェアが止まった。多和田はゆっくり立ち上がって伸びをする。

「いやー、すっきりした！　あ、お酒飲む？」

「いえ、あの……もう戻らないと」

「もう少し付き合ってくれよ。いいだろ？」

俺はさっきもらった金のことを考えていた。受け取らなければよかった、とは思わなかった。だけど、それでもちょっとばかり間違った選択をしてしまったんじゃないのか、という気はしていた。

「どっち勝ったのぉ？」

また、部屋の奥から、女の声がした。ブランデーとチョコレートを同時に口の中で転がしたみたいな魅惑的な声だ。

「カオリだよー」

「ええええ、ヒミカに賭けてたのに！」

「ぐははは、僕の勝ち」

もう、とため息とも言えない声が伝わってくる。

俺が不審がっていると、多和田はこう説明した。

「ああ、僕の同居人。読書家だから、寝室でしじゅう本ばっかり読んでて、自分のタイミングでしか出てこない。本が好きすぎるんだよなぁ。そんでもって妙に理屈っぽいんだ。厄介だぜ？」

俺はそれに対して曖昧な返事をした。実際、どう答えていいのかよくわからなかった。そもそも俺は同居人と挨拶をかわす理由もない、ただの配達人なんだから。

それにしても——全面窓の開放感はすさまじい。窓の向こうにはバルコニーが見えた。日がな一日そこで足を伸ばして過ごすこともできそうなじゅうぶんな広さがあった。テーブルに椅子もあるし、何かロバみたいな置物もある。用途のわからない装置みたいなものも見えた。あれは何だ？　金持ちはやりたい放題だな……。

窓は梁のない設計で、天井まできれいにガラス張りになってる。カーテンレールの部分まで天井のくぼみに収まっているという徹底ぶりだ。これなら何にも邪魔されずに都心の眺望を手中に収められる。

右端では東京タワーが早くもライトアップを始め、名だたるビル群を従えている。左側には皇居を囲む豊かな緑や国会議事堂まで見渡せる。その遥《はる》か彼方にある東京スカイツリーさえもがこの絶景のパーツの一部となっていた。

空は熟れた桃のように薄紅に染まり、その色は闇の気配が迫るほどに濃くなった。それに歩調を合わせるように、街のネオンもまた、刻一刻と輝きを強めていた。夕景でこの美しさなら、夜景はきっと宝石箱を手にしたも同然に違いない。

これだけのものを毎日目にしていたら、インスタントの味噌汁《みそしる》しか晩飯がなくても、ゴージャスに過ごせるだろう。いやもう、梅干しを見ながら白米を食べるだけでもいい。

ふと、視線に気づいた。

多和田が俺をじっと見ていたんだ。

「……どうか、しましたか？」

俺は恐る恐るそう尋ねた。

「どう？　僕の親友になると、この景色もついてくるよ？」

「はぁ……でも、今日会ったばかりで……」

「時間は関係ないだろ。僕は会った瞬間にビビッときたぜ？」

そう言えば、ビンゴって呟いてたな。

「君は僕と歳《とし》も近そうだし、ほら背格好も、顔の雰囲気も近くない？」

彼は壁の鏡に映った自分と俺を指さした。言わんとしていることはわかる。俺はあんたの下位互換だよな。あんたが当たりで、俺がハズレ。

たしかに雰囲気は似通っている。お互い色白で、線が細くて、存在感が薄い感じだ。だけど、顔の部分部分を取り出してみると、多和田のほうがずっと整ってるし、少しも似ていない。幻想だろう。単に、全体として受ける印象が似通っているってだけだ。

アンミカが言った〈白って二百色あんねん〉じゃないけど、この手の顔も二百種類くらいあるんじゃないだろうか。俺の大学時代の友人だって、よく「街中を歩いてると、おまえに三人くらい会うよ」とか言っていたから。要するに、ありふれた顔ってことだ。

「いやー奇跡、奇跡！　出会いだよねぇ。僕らはほかにもわかり合えることがありそうだな。たとえば、女の趣味とか。まあこれからいろいろ教えてくれ」

値踏みするような感じで、多和田はそんなことを言った。その言い方に悪寒がした。虫唾《むしず》が走った。何だろう、たぶん、さっきの落ち目のアイドルを戦わせていたときの好奇心と同じ熱が、その言葉に感じられたのだ。

だけど、しょうじきに言えば、嫌悪感ばかりではなかった。俺は多和田に気に入られたことを気持ちよくも思っていた。自分でも笑ってしまう話だけれど。

想像してみてほしい。金持ちに気に入られる心地よさを。特大のプッチンプリンに埋もれてく感じだ。

「もっとくつろいでくれよ、ほら、足を組んだっていいんだ。肘掛けにも肘をちゃんとついて」

俺はぎこちなく言われるがままにした。何だか、どこかべつの世界線に入って、そこで人形になったみたいな気分だった。おいおい、自分を見失うなよ。ここから一歩出ればおまえはただのウーマイーツ配達員だよ。絶対に調子に乗ったりするなよ。

「さあ、ほら、アンリ・ジローのフュ・ド・シェーヌだよ。シャンパンとしては最高級のやつだぜ。せっかく注《つ》いだんだ。飲んでくれ。このシャトーバカラで飲むと、舌触りが各段によくなって、シャンパン本来の良さが引き立つんだ」

「……いただきます」

シャトーバカラとかいうグラスに注がれた長い名前の高級シャンパンを口に運んだ。だが、いざ口にすると緊張で味がわからない。

「ここにはずっと住んでいらっしゃるのですか？」

「そう、だいぶ長いことね。少し、居すぎたかもしれないな」

まるでそれがよくないことみたいに多和田は語った。それから、そんな現実を忘れたいとでも言うように、シャンパンを飲み干した。

「君のことが知りたいな。なぜこんなバイトをしてる？ 稼ぐには効率があまり良くないだろ。きっと金を稼ぐ以外に何か楽しみがあるんじゃないのか？ そうでなきゃ、こんなバイト……」

言いかけて、首をすくめ、失礼、と言った。けれど、彼が本心から失礼と思っていないことはわかった。その慇懃《いんぎん》無礼さは、多和田の場合、つねに無邪気さと紙一重だった。

稼ぐには効率が良くない――彼はそう捉えているようだった。だが、それはあまりに俺の認識と異なっていた。たしかに、ギャラは低いかもしれないが、誰にも縛られずに指定された場所に荷物を届けるだけで賃金が得られると考えれば、ある意味じゃ効率がいい。

だけど、俺は自分の見解を多和田に主張する気にはなれなかった。多くの金持ちにとっては、そんなのはカモシカの蹄《ひづめ》の裏側を見せられるようなもんだろうから。そんな形してたのかって感心しても、一秒後には忘れてしまう。そんなことのために、いま懇切丁寧に解説する意味は絶対にない。

俺はシャンパンを呷《あお》った。この高級らしい酒を、相手が満足するだけ飲み干してやる。そして明日にはきれいさっぱり忘れてやる。

「楽しみは、多いですよ。サブスクで本や漫画読んだり、音楽聴いたり、ソシャゲーしたり。いまの時代、消費しきれないくらいエンタメのコンテンツが溢《あふ》れてますし。そういう意味じゃ、毎日楽しいです」

「ふーん、じゃあ君は満たされた人間なわけだな?」

それをどのようなニュアンスと取ればいいのか、俺にはわからなかった。小馬鹿にしてるようにも聞こえなくはなかったから。

「有名になりたいとか、出世したいと考えたことは?」

「……とくにないです。それほど才能があるとも思ってませんし」

昔は歌手になりたかった。ところが、あいにくそんなにポテンシャルがなかったんだな。そのことが大学の軽音サークルで骨身にしみてよくわかった。これはまったく残念というほかない。

「そんなの、やってみなきゃわからないだろ」

「かもしれませんね。でも、目標がこれといってない人間には、目指す先がないんです。目指す先がない人間は、頑張れない」

「言い得て妙だなぁ。マインズくんの哲学ってやつか。じゃあ、君は毎日このぬるま湯のごとき、満たされた暮らしに甘んじて生きていくわけだ。なるほどねぇ」

俺はいつまで、いくつまで、こんな暮らしを続けるつもりなんだ? そんな先のこと、考えたことがない。

明確なプランはとりたててなかった。ただ、選ぶべき明日がないことの裏返しとして、この生き方が選ばれたってわけだ。でもこれはマインズという生き方の、きわめて現代的な選択理由だと思う。

俺にかぎらず、きっと多くのマインズが同じような心境でいるはずだ。これを選んだ、と誇れるほどのものはない。ただ、ほかに魅力的な選択肢がなく、結果的にこの生き方が効率よく稼げると映ってしまうのだ。

だってさ、ここは——そういう国じゃん？

「ええ、たぶん。実際、都心のサイクリングは楽しいです」

「へえ？　サイクリングがね！　まあそれは否定しない。でも、君のそれはサイクリングじゃない。宅配だ。自分を誤魔化してないか？　君がやっているのは宅配なんだ。それを、これはサイクリングだ、と思い込もうとしている」

「だとしても、それが俺の現実です」

5

しょうじきなところ、この男と話すのに辟易していた。何のためにこんなやりとりに付き合わされてるんだ？　何より、コイツは天然で失礼すぎる。

「金は？　金持ちにはなりたくない？」

なおも、多和田は質問を重ねた。その頃には、俺は三杯目の酒に手をつけていた。料理もうまかった。そして、同時に奥にいるはずの多和田の恋人と思しき女に関心がいっていた。

こんな頭のねじの外れた男と一緒に暮らしてるのはどんな女なのか。どうやってこの脳の回線ぶっ壊れ野郎を飼い慣らしているのか。

そもそも、こうしてリビングに知らない配達員が上がり込んで彼氏と飲んでいても、まったく気にせず寝室でだらけているというのもよくわからない。

「金持ちには、まあなれるもんなら。でも、俺はあんまりそういう思考に向かないみたいです」

「金持ちになるなんて簡単だぜ。なれるさ。君がそれを望むなら。俺は望んだ。で、手に入れた。君にだってできる。絶対にね」

ずいぶんと確信のある言い方だった。

俺はその言葉に、そうですかね、と返した。

本当は、余計なお世話だと思ってた。なのに、曖昧な笑みを浮かべ、少しばかり言われてうれしそうなそぶりさえ見せた。

多和田は、そんな内心を知らずに、もっと俺が野心をもつことを望んでいた。たぶん打算じゃなく、それが大切だと本気で思っているんだろう。ある意味で、純粋な信仰だともいえる。

「欲望は、まず想像することから生じるんだ。ためしに想像してみろよ。君がここで暮らすところを」

「ここで暮らす？　どういう意味ですか？」

「たとえばの話さ。君の疲れを癒やしてくれる牡牛の皮だけを使ったロングソファ、食事のお供はアンリ・ジローのフュ・ド・シェーヌ、そして――とりわけこの眺望。これらすべて君のものだったらどうだ？」

多和田はそう言って、窓を示した。感心したのは、この男の観察眼だった。ふかふかのソファと眺望、この二点が、この部屋に来てから俺の注目しているものだったからだ。物の価値がわからない俺にとって、ほかは全部いっしょに見えた。

「日が落ちたみたいだし、バルコニーに出て、もっと夜景をよく見てみたくないか？　ここからの夜景は本当に素晴らしいんだぜ。そうだ！　面白いものを貸してやろう！」

「え……いえ、もうじゅうぶんに」

楽しんだ、と伝えようとした。だが、それを遮《さえぎ》って彼は言った。

「そういくか。親友たる君を満足させたい。ちょっと待ってろよ」

彼はそう言うと、どこかへ消えた。しばらくして彼は手にゴーグルのようなものを持って現れた。

「ちょっと、ここまで来てくれ」

彼はバルコニーに出た。四月の夜の乾いた空気が入り込む。手すり付近に、奇妙なオブジェがあった。直径が俺の身長くらいあるスチール製のフレームでできた球体が二つ並んでいる。それぞれ内部に足を乗せる台がある。球体は風に揺られてわずかに回転していた。

これは何だ？　新種のブランコか何かか？

多和田は球体の片方を示し、その中央のステップに立つように言った。

俺は言われるがままにそのようにした。内部に入ると、球体がぐらりと揺れた。しっかりフレームにつかまった。勢いをつければそのまま逆さまになることもできそうだった。

「これはね、望遠レンズと組み合わせて使うヴァーチャルバンジー装置〈フォール〉だ」

「ヴァーチャルバンジー……？」

「設置に三千万かかった。君からすれば、くだらない道楽かな？」

多和田は装置の下部を開けて、ハーネスを取り出し、俺の身体《からだ》を固定した。

「大丈夫、君を捕縛しようってんじゃないんだ。コイツはいうなれば、合法的トリップ装置ってやつさ」

多和田は、俺の頭に機能的なデザインのゴーグルをつけた。ゴーグルと言っても、つけた途端に視界が曇ることはない。伊達《だて》メガネのように、見え方にはほとんど何の変化ももたらさなかった。

いったい何をやらせようってんだ？　俺は不安になってきた。このまま転落死させられて、多和田はそれを見下ろしてげらげら笑ってるなんて可能性もある。それくらいしかねない気がした。

「これは、MRといって、VRみたいに視界を完全に遮断してヴァーチャルの世界に飛ぶのではなく、あくまで現実の視界を用いながら、そこに仮想の現実を織り交ぜる。ビデオ・シースルー方式ってやつだね。僕が購入した空間認識型MRである〈フォール〉の優れた点は、実際の風景をもとに、それらの先に広がる風景を推測補完する機能がある点なんだ」

「推測補完……」

その言葉の意味するところを考えながら、向かいのマンションの様子をぼんやりと眺めていた。高層マンションの住民というのは、外から覗《のぞ》かれることを想定していないのか、どのフロアもカーテンをしていなかった。富裕層たちが思い思いのライフスタイルを謳歌《おうか》している。その様子一つ一つが、俺には眩《まぶ》しかった。と、そこで気づいた。レンズの性能がいいからなのか、遠くのものも近くのものもはっきりと視認することができるようだ。

「たとえば、僕らの足元には今いくつもビルが見えているけど、上からしか眺めることはできない。でも、〈フォール〉なら、どこまでも好きな角度で正確に再現することができる。自由自在に空を飛ぶ鳥にしかできない体験だな。さあ、その台から飛び降りてみて」

俺は言われたように飛び降りた。すると、どうだろう、飛び降りたのに、足がつかない。いや、それどころか、視界に違和感が走り、ぞっとした。さっきまであったはずのバルコニーの床が消えていた。

「え……」

気が付くと、見下ろしていたはずの、隣のマンション〈六本木モアグランドタワー〉の最上階の部屋の真正面に浮いていた。まるで部屋を堂々と覗いてるみたいだ。

「大丈夫。君の体は実際にはハーネスで吊《つ》るされていて、バルコニーから外には出ていない」

俺は興奮した。ありえないことが現実になっている。

こんなことができてしまっていいのかよ？

コントローラーを操作して、さらに下降し、その下のフロア、またさらに下へと向かう。地上に近づくほど、映像の解像度は下がり、簡易なシャンデリアの広がる部屋の映像になった。具体的なイメージを構築するほどの情報がないからだろう。推測補完に関しては、まだ開発の余地があるな。

だけど、その下降感覚は風さえ感じてしまうほどだった。体をふたたび上昇させ、やがて、またもとの位置に戻った。

後ろに下がると、台の感触がたしかにあった。

わかってる。さっきハーネスで吊るされたんだ。仕掛けとしてはそうなんだろう。だけど、MRに飲み込まれると、そんなことは忘れてしまう。

まるで、スパイダーマンにでもなったみたいだ。トム・ホランドになって、隣のビルを壁伝いに駆けることだってできるのだ。下降速度も、いくらでも調節できる。そして見上げれば、満天の星。まったく、言うことなしだ。

都会の井戸の底から見上げる星空が、下降するほど遠くなり、遠くなるほど愛《いと》おしさが増す。

俺はゆっくりと上昇していく。

「そうそう、君、うまいね。初めてとは思えない」

こんな操作に上手も下手もなかろう。だけどそう言われてわるい気はしなかった。

俺はたんぽぽの綿毛みたいにゆらゆらと揺蕩《たゆた》いながら、もとの台に降り立った。まったく、なんて体験だ。俺はしばし言葉を失っていた。

その時、多和田が背後から声をかけてきた。

「紹介しよう。婚約者の玲良《れいら》だ」

その刹那――我が目を疑った。

俺の目が捉えたのは、まぎれもなく、彼女だったからだ。

彼女――そう、俺にとってはたった一人の特別な人。

高校時代の初恋の相手、静香。本と映画と音楽が大好きな子。現在に至るまでの、俺の趣味趣向に大きな影響をもたらした女。

何より、その左腕に輝いているミサンガが、彼女であることを決定づけていた。オーガンジーは透明感と光沢をもった平織物で、細密に編めば編むほど唯一無二の風合いになる。それに数か所にあしらわれた翡翠。間違いない。あの時のミサンガだ。というか、いまの彼女がそれを着けていることに胸が高揚した。

なぜ彼女がこんなところに？

「どうした？」

多和田が訝《いぶか》しむが、頭の中は疑問で溢れかえっていた。

「おいおい、どうしたんだ？」

多和田が俺の様子がおかしいことをいよいよ心配し始めた。

俺は誤魔化すために、多和田の顔を見て「何でもないです」と微笑《ほほえ》んだ。

それから、ゴーグルを外し、多和田が紹介したその人物に向き合った。

彼女は、俺を見てハッとしたようだった。気のせいだろうか。そしてすぐに煙草《たばこ》を取り出してくわえると、表情を取り繕った。

「はじめまして、お友だちなんですって？　ええと、4443番さん」

と、俺のナンバープレートを読み上げた。彼女にとっては、俺は〈4443番〉でしかない。

実際、それこそが今の俺のすべてと言ったっていいんだから。

「ちょっと多和田と似てるわね。むだに清潔感のある感じが」

「むだは余計だ」と多和田が答えた。

彼女は煙草を吸い、ゆっくり煙を吐き出すと、ようやく自然な笑顔になった。

「玲良って呼んでね。〈王〉の横に命令するの〈令〉、それに〈良い〉って書いて玲良。よろしくね、4443番くん。これ、本名？」

「……まさか」

「ふふ、本名なんかどうでもいいよ。私も本名じゃないし。この多和田だってそうよ。ね？　昔の名は捨てました同盟でも組む？」

「余計なことは言わなくていい」

多和田がしかめっ面をすると、彼女はからかうように片眉を上げた。

「そうだなぁ、４４４３番じゃ長いしヨミくんでいい？　末尾の４３で、ヨミ」

「……素敵だと思います」

彼女の差し出した右手はほっそりしていた。

静香——どうして。

心の中ではまだそう叫んでいた。けれど、今はそんなことを口に出すわけにはいかない。過去は過去だろ。

俺はぎこちなく、手を伸ばし、握手をかわした。

「玲良さん……はじめまして」

印象的な二重瞼《まぶた》、筋の通った鼻、柔らかそうな唇。甘さと人を酔わせる危うさが凝縮された無花果《いちじく》のコンポートみたいな瞳。

玲良、か。彼女はそう自己紹介した。俺はそのまま受け入れた。この部屋では、真実がどこにあるかなんて関係ない。俺はただここに迷い込んで連れてこられただけ。〈ロブロックス〉で妙なパーティーに入り込んだ時みたいな感じだ。ルールも何もかもよくわからないが、とにかくその世界をまるごと飲み込むしかない。

玲良は明らかに下着をつけていないバスローブ姿で、「寒いから中に入るね」と言うと、リビングに戻って、ソファに腰を下ろした。

足を組むと、白い太腿《ふともも》から尻の際のあたりまでが露《あら》わになった。

俺は目を逸らし、もう一度バルコニーの先へと目を向けた。

隣のマンションの最上階は、五つあるうち左端の灯が消えていた。時計を確かめようとした時、不意に鳥のさえずりが聞こえた。多和田がつけている腕時計のギミックが作動したのだ。多和田はその惚《ほ》れ惚《ぼ》れするような腕時計を見て、「まだ八時だよ」と教えてくれた。

八時？　いつの間にそんな時間が経ったんだ？　俺は我が耳を疑った。

「そろそろお暇《いとま》しないと……」

「まあ、そう言わず、もうちょっとゆっくりしていけよ。せっかく玲良も来たんだ。引き続き親交を深めようじゃないか」

多和田は、俺ににこりと微笑んでみせた。

内心で、俺はさっき自分が玲良の太腿に視線を走らせたことを見抜かれたのでは、と気が気じゃなかった。自分の恋人に性的な視線を這わせる同性を、人は快く思わないものだろう。

俺の視線は性的なものだったか？　ふつーだろ？　むしろ目を逸らしたんだから偉いほうだ。と、言い訳しても自信がもてず、やましさだけ抱えている自分に理不尽さすら感じた。何しろ、玲良は大抵の男なら一目で虜《とりこ》になるような艶《あで》やかな雰囲気を纏《まと》っていた。

その時、不意に俺は玲良の膝のあたりに痣《あざ》があるのを認めた。

転んでできたと言えるような痣じゃなかった。ほかにも、彼女の右腕に蚯蚓《みみず》腫《ば》れのような痕も確認できた。

その視線に、玲良が気づいた。

俺は玲良からわずかに離れた場所に腰を下ろし、先ほどの飲みかけを自分の手元によせた。痣についていて、もちろん尋ねるつもりはなかった。だけど、痣を見られたことに気づいた彼女と、どんな会話をすればいいのかはさっぱりわからなかった。

安易に想像すれば、あの痣は、多和田と彼女の間でかわされる夜の営みのさなかに生まれたもの。より深刻な想像として、多和田の家庭内暴力の可能性も考えられた。

だけど、伸び伸びとした玲良の態度からは、多和田を恐れてる空気はゼロだ。彼女は自由意思でこの場所を選び取っているように見える。なんでこんな魅力的な女が、わざわざこんなクレイジーな男との暮らしを？

俺は目を逸らしてまた窓の外に目を向けた。相変わらずそこには、宝石のような煌《きらめ》きがあった。いつの間にか、俺の中に執着とでも呼ぶべきものが生まれていた。このタワーでの暮らしを自分のものにしたい。静香の近くにいたい――そう思ってしまった。

たとえ、彼女と俺の現在が交差することはなくても、見守り続けることはきっとできる。

この４４４３番、ヨミがここで、この場所で――。

それから何を話したかは、あまりよく覚えていない。ただ、時折、玲良が俺に親密げな眼差しを向ける瞬間があるのを、俺は意識した。そこに込められた意味までは読み解けなかったけれど。

「おい、ヨミ、また遊びに来てくれるか？」

一時間ほど話した後で、多和田はそう尋ねた。願ってもない誘いだった。多和田のことは苦手だ。だけど、それを補って余りある恵みがある。

だが、多和田に静香の件だけは悟られたらダメだ。真の狙いは絶対に内緒にすべし——自分にそう言い聞かせた。

「もちろん喜んで」

俺の返事に、多和田は満足げに微笑んだ。

「言ったな？　約束だぞ、オイ。僕は約束に飢えてるんだ。絶対に守ってもらうからな？　本当に、こんな楽しい時間は久しぶりだったんだ。これで終わらせたくない。わかってくれるだろ？」

「……そう言っていただけるのは、俺も光栄です」

その言葉に嘘《うそ》はなかった。俺にとっても、こんな楽しい時間は久しぶりだったし、実際それ以上の価値を含んだ時間だったんだから。

# 第二章　俺たちの道がふたたび

1

竜宮城を後にしたウラシマだって、こんな虚脱感はなかっただろう。それから数日の俺は本当に抜け殻みたいだった。

朝、昼、夜のコンビニ飯は相変わらず、帰れば六畳一間の安アパート。ポストには先月の電気代の再請求書が届いてる。何の変哲もない、負債まみれの山下創一の日常が戻ってきた。

それに不満を抱く気持ちはなかった。負債というのは、いわばゲームだ。どうにかこうにか死なないようにやり繰りしていればいい。だけど、あの日の前とは何かが決定的に変わってしまったのは確かだった。

「静香……」

ふとした隙間に、呪文のようにそう口にしてしまう。困ったものだ。十五、六のガキでもあるまいし。だけど、一度開いてしまった記憶の扉は、二度と閉じることはないのかもしれない。

気が付くと、ずっと開けずにいた引き出しに手をかけている自分がいた。その中には修学旅行で静香と並んで撮った写真と、その頃の気持ちを綴《つづ》った日記、それから揃いで買ったミサンガがある。もしこれを開き、写真を眺めはじめたら、それこそ過去は現在を飲み込んでしまうだろう。引き出しから、手を離した。

過去は過去、今は今だ。

俺は自分に言い聞かせた。

ところが――そのわずか一週間後、ふたたび〈六本木ハイエストタワー〉を訪ねることになった。

ゴールデンウィーク明けのその日、いつも通り俺は、ウーマイーツのスタッフ専用アプリで同時間同エリアの「配達可能」にチェックを入れておいた。

すると、タワーへの宅配依頼が表示された。ほとんど条件反射で、俺は部屋番号を確かめた。四七〇四号室。迷わずその依頼を引き受ける。ほかのスタッフにもこの情報は流れているから、早い者勝ちだ。とは言っても、どうせ〈六本木ハイエストタワー〉はマインズ仲間に不人気だから、しばらく待ってもよかったのだけど。

宅配は例のイタリア料理店〈ロッソ・デ・ロッソ〉からのデリバリーサービスだった。俺はまず店に商品を取りに行った。

「うちのお得意さんだから、お会いしたことはないけど、丁寧に笑顔でよろしくね」

釘《くぎ》を刺されたのは、この男が店長だからだろう。

「君が配達に応じてくれてよかった。いつもなかなか配達員がつかまらなくてね。くれぐれも無礼のないようにね」

無礼とか礼とか、そういう通常のモラルの通じる相手じゃないんだけどね。まあ言っても仕方ない。「わかりました」と素直に商品を受け取り、〈ネイティブダンサー号〉に乗って例のタワマンを目指して走り始めた。

一つだけ、いまの店長に言わなかったことがある。今回、俺は業者用の出入口を使わないだろうということだ。前回、帰りがけに多和田に言われた。もしも次に宅配に来ることがあれば、その時は居住者及びゲスト用の出入口からインターホンを鳴らしてくれ、そうしたら下まですぐに迎えにいくから、と。

とはいえ、〈六本木ハイエストタワー〉に着くと、ガードマンが怪訝《けげん》な顔で俺を見てきた。何もかもこの制服が悪い。仕方なく事情を話した。ガードマンはそれでも納得しない様子で、インターホンを鳴らす俺を疑わしげに監視し続けていた。

〈はぁい〉

ほどなく、多和田が出た。

「うまいを即お届け、ウーマイーツです。居住者用のインターホンを使っています」

〈それはわかるよ。で、君のＩＤは？〉

試すような、楽しんでいるような問い方だった。

「４４４３番です」

「ふふ。待ちわびたぞ、ヨミ。いますぐ降りる」

それを聞いて、ガードマンは怪訝そうにその場を離れていった。

「君が来てくれる気がしてたんだ」

　エントランスに現れた多和田は、今日は無地のTシャツにハーフパンツというラフないで立ちだった。シンプルなデザインだが、生地の質感から高級なものだということはわかる。

「ていうか、好きな時に遊びにきていいって話しただろ？　なのに、君はまったくここを訪ねてくれなかった。だから君に当たらないかなって、何度も宅配を頼んでみたんだ。そしたら――今日やっとビンゴ！」

「……え、そのために？」

「そうだよ。だから、その料理は要らない。あ、君が今からここで食べてくれていいぜ。もちろん、気に入らなきゃ捨てたっていいけどね」

　気に入るも気に入らないもない。ここの料理が絶品であることは、先日知った。

「ここの料理は好きです」

「そうか。ならよかった。僕はもうそこの料理は飽きた。そうだ、もう今後は直接来てほしいから、連絡先を教えてくれ」

「……わかりました」

　俺はメッセージアプリのＩＤを教え、彼はすぐに登録した。四七〇四号室に着く。玲良の姿は見えない。

「入れよ」

　俺は言われるがままに付き従った。これじゃ完全に犬か従者だ。まあ何でもいい。この料理が胃袋に収まるのだし。

　俺は、例のふかふかすぎるソファに腰を下ろした。あれからネットで調べた。バクスター社製のベルジェール・ロングソファで、素材は牡牛の皮。買えば数百万はする。俺の身体は正直だったようだ。

「いまちょっと仕事を終わらせる。そこで待っていてくれるか？」

「わかりました」

そう言えば、多和田はどんな仕事をしているんだろう？　このタワマンで贅《ぜい》を尽くした暮らしをしている以上、それ相応の財源を確保しなければならないし、そのためには何らかのビジネスが存在しているはずだった。ただ、多和田の印象と仕事というものが、簡単には結びつかなかった。あるいは、多和田が俺に見せていないべつの側面があるというだけのことかもしれないけど。

「何でも好きな酒を飲んで、好きな音楽を聴いたらいい。このタブレットがオーディオと接続されている」

俺はお礼を言ってタブレットを受け取ると、多和田が自室に消えるのを待ってから、コスモ・シェルドレイクのEP《ペリカンズ・ウィー》をかけた。考えてみれば、自分で洋楽を選んで聴くのはずいぶん久しぶりだった。自分を消耗させるだけの毎日で、いつの間にか日本語の歌詞のあるポップスだけが心の支えになっていた。

オーディオは、この空間をよく理解していて、音割れもせずにすべての重低音を拾い上げてくれた。

テーブルに出ていた赤ワインを注いで飲み、俺は目を閉じた。酒の味は前よりは深く味わえた気がする。でも、それより音だ。アルコールのせいか、オーディオの性能が良すぎるのか、あるいはその両方か。大学時代に何回も聴いてきた楽曲なのに、今さらのようにその実験的な空気と、電子音を古楽器のように操る魔術に魅《み》せられた。このオーディオで聴かなければ、本当の音楽なんてじつは誰も聴けてはいないんじゃないのか？　そんな気すらした。

どれくらい経っただろうか。《ペリカンズ・ウィー》が三周か四周したところで、ようやく多和田が現れた。自室から戻ってきた多和田は、自分の羽根で反物を作った鶴みたいに窶《やつ》れてみえた。それまで知らなかった多和田のべつの一面を見た気がした。

「お待たせ。ちょっと手こずる案件があってね。でも、無事片付いた」

それから、不意に多和田は音楽に気づき、目を閉じた。

「悪くないな。だが、僕の趣味じゃない。変えるよ」

一言そう断ると、多和田はすぐに音楽を変えてしまった。フォール・アウト・ボーイというパンクバンドの最近のアルバムらしい。やはり前回のパラモア同様、シンプルなロックを好むようだ。一気に室内が爆音で満たされ、内臓にまで音が響いてきた。

「さあ、楽しもうぜ」

どうやら、また地上の暮らしとは異なる時間が始まりそうだった。

２

「うるっさいなー」

ドイツの海洋系の大学が仮想漁業シミュレーションのために開発したという、床全体が海面になる最先端のＡＲフィッシングゲームに付き合わされて二時間ほど経った頃、ようやくリビングに玲良が現れた。その頃には俺たちの〈バケツ〉には、大量の魚が釣れていた。

彼女はやってくるなりオーディオを切り、次いで俺たちの興じていたゲームの電源も切った。床に広がった海面がパッと消えて、もとの部屋に戻ると、俺たちは視線を彼女に向けた。

玲良は下着姿だった。にも拘わらず堂々としていた。太腿の痣も隠そうとはしなかった。もう彼女は俺にそれを見られたことを知っているのだ。

「なんだヨミくん、また来てたの？　物好きだね」

彼女は乾いた笑い声をあげ、それから不満げな多和田に気づいてじろりと睨みを利かせた。

「何か、文句でもあるの？」

「べつに」

「今日のやるべき業務は終わったんでしょうね」

「やってるさ」

多和田はうんざりした調子で答えた。まるで宿題を急かされた子どもみたいに見えた。

「私をがっかりさせないでね？」

「……わかってる」

何だろう、この時、俺はなぜか多和田が少しばかり玲良を恐れてすらいるような気がした。それは俺が想像していた二人の力関係とは少々異なっていた。

恐らく、今日の彼女がいささかご機嫌斜めなせいもあるのだろう。

「ああつまんないなー。出かけてこよっかな」

「……好きにしろよ」

「あなたも一緒に行ってみる？　ああ無理だったわね。一歩でも外に出たら終わりだもの」

その言葉で、急に多和田は不機嫌になり、しばらく黙った。

待ってくれ。痴話喧嘩《ちわげんか》か？　胃がきゅっと収縮する。勘弁してくれ。

微《かす》かに、玲良の表情が硬くなった。恐怖が彼女の体を駆け巡っている気配が感じられた。

「さっさと行けよ」

低く、抑えた声で多和田が言うと、玲良はそれを軽く笑い飛ばそうとした。だけど、あいにくそれは顔の筋肉があまりに強張《こわば》ってしまっていてうまくいかなかった。

「……下着じゃ無理でしょ」

呑気そうに言って、玲良は自室に引き揚げて行った。

「つまらないところを見せてしまったな。それより、少し汗を流したい。付き合ってくれ」

「汗を？」

「こっちだ」

彼は隣の部屋へ向かった。そこはトレーニングルームになっていた。トレーニングベンチ、バーベル、懸垂マシン、腹筋ローラーと一通り揃っている。

「すぐ隣にシャワールーム、サウナルームもあるから、好きに使ってくれ」

多和田はそう言いながら、上半身裸になった。とても筋トレをしているとは思えない貧弱な身体だったが、まあそれは言いっこなしだ。多和田は懸垂マシンにぶら下がって、明らかに慣れていないトレーニングを始めた。

「ときどき……彼女と僕の間には微妙な齟齬《そご》が……生まれることが……ある。まあ大したことじゃないけどね……頭を打った山羊《やぎ》がアルミを主食にするようなもんさ」

それは大したことじゃないのか？

「小さな……問題さ……でもそういう時は……どんな会話にも棘《とげ》が……出てしまうんだよなぁ」

「どんな恋人同士にもすれ違いはあります」

突如多和田は懸垂マシンから手を離し、ああもうやめた、と呟いた。「君やるか？」と問われて、今はいいです、と断った。

「そうだな、たしかにどんな恋人でもすれ違いはある。でも、僕たちの場合、それでも衝突は絶対にしないんだ。だから、そう、僕らは結局仲がいいんだと思う。互いに離れられないことを知っているわけだしな」

まるで自分自身に言い聞かせるような言い方だった。俺は二人の関係に狂気めいたものを感じていたが、それは口に出さなかった。

「外の空気を吸っても？」

「もちろん構わない。アレをまたやってみるか？」

「そうですね。もしよければ」

多和田は俺が〈フォール〉を気に入ったことを覚えていたようだ。そして、〈フォール〉を体験させることが誇らしいようで、いそいそと案内してくれた。

俺はさっきのいびつな恋人たちの一幕を忘れ去って空を彷徨《さまよ》った。空は夕闇に染まりはじめ、隣のタワーマンション〈六本木モアグランドタワー〉には、住民の姿が何組か見られた。とくにここからだと、最上階がいちばんよく見えた。俺たちの視界は彼らよりだいぶ高い位置にあるため、カーテンもつけていない彼らの日常を気づかれずに見物することができた。

「眺望は無論だが、隣のタワーの住人の日常も見ているとなかなか飽きないぜ」

多和田は俺の思考を読んだようにそう言った。

一フロア五戸配棟で、左端の部屋では中年男性がだらしない姿勢でソファに寝そべりながらテレビを観ているところだった。その隣の部屋では老夫婦が犬を囲んで何やら話し合っており、さらにその隣、我々の正面の部屋では男が洗濯物をベランダに出しながら、何事か怒鳴りつけていた。奥のテーブルにスマホをいじるほっそりとした手が見えた。夫婦喧嘩だろうか？　男は結局洗濯物を放置してどこかへ去っていった。窓を閉めた拍子に街の灯だろうか、何かがキラリと光った。

その隣、右から二番目の部屋ではパーティーが行なわれていて、若い男女数名が仮装をして笑い転げていた。たぶんアニメか何かのキャラクターのコスプレなのだろうが、元ネタまではわからなかった。右端の部屋ではそんな喧騒など無関心といったふうに、スタイルのいい女が腹筋をしていた。傍《そば》にはシェイカーにたっぷりと茶色の液体が注がれている。ココア味のプロテインか何かだろう。筋トレのあとにあれをグイッと飲み干すのに違いない。

どの部屋にも〈フォール〉を使えば彼らと同じ視線の位置にまで〈降りて〉いるという錯覚を抱くことができた。これほどの至近距離にいてなぜ彼らに見つからないのかと不思議になるほどだった。

「な？　どれもが同時間の光景だと考えると非常にユニークで、見ていて飽きないだろ？　彼らの日常にお邪魔したみたいな気分さ」

「悪趣味ですよ。かけがえのない生を謳歌する人々の暮らしを覗くなんて」

そう冷静に言いながらも、俺は飛び回るうちに、自分が何者なのかを忘れそうになっていた。

玄関のドアがバタンと閉まる音がして、数分後、マンションのエントランスに青いドレスを着た玲良の姿が見下ろせた。

その姿が車寄せにやってきたタクシーに消えたのを見届け、視線を上げる。

やはりこの部屋には俺がずっとほしかった日常が詰まっている。

そう考えると、このままここに留《とど》まり続けていたい気持ちが強くなった。己の執着から距離をとりたくて、俺はゴーグルを外した。

「さっきは彼女のせいで不快な思いをさせて悪かった。でも、これに懲りずにもっと好きな時に遊びに来てほしい」

「……本当にいいんですか？」

「君は、僕の言葉を真に受けて、自分が哀れな目に遭わないかと心配してる。そうだろ？」

違う、ここには来たい。だけど、もれなく常識を象の脚で踏み潰すおまえがセットでついてくるから迷ってんだ――なんてことは言わない。俺はただ黙っていた。

「だが、その心配は杞憂《きゆう》にすぎないなぁ。僕は本当に君と友だちになりたいし、君にも同じように思ってもらえたらとてもうれしいと思ってるんだ」

「気持ちはありがたいです。ただ、わからないのは、なぜ俺なのかっていうことですね。だって最初、あなたは俺に対して何の情報も持ち合わせていなかったわけだから」

「前回、数時間ほど一緒に過ごした。あのときの感覚がすべてだと言っても納得しないか？」

「ええ。だって、そもそもあなたは俺を最初から受け入れていた」

「それは、んん、第一印象っていうのかな。一目見てピンときた。君とはフィーリングが合いそうだってね。それに、君だってわかってるはずだ。君も僕と友だちになりたいと思ってることをさ」

そいつは片面だけの真実だ。俺はたしかに多和田とお近づきになりたいとは望んだが、べつに気が合うからじゃない。俺はただ好きな女を傍で見守りたいと思ったのだ。

だけど、そんなことはもちろん多和田に言えるわけがない。

「わかりました。また来ます。明日は来てもいいんですか？」

「本当か？　待ってるよ！」

目をきらきらさせて喜ぶ多和田を、俺はだんだん憎めなくなってきた。この男はたしかにふつう、うじゃない。だけど、妙に純粋でかわいらしいところがある。それもまったくたしかなのだ。

だから友だちに？　いやーパス、パスですよ。俺は内心でかぶりを振った。

3

それからは、もうウーマイーツの制服なんて着なかった。不思議なもので、ガードマンは制服姿の俺を警戒していたはずなのに、私服だと、まったく気づきもせず笑顔で丁寧に接してくる。

俺はこのとき、人間はしょせん相手を制服などで記号的に判断するものだと理解した。

四度目の訪問のとき、出迎えたのは多和田ではなく、玲良だった。黒のレースのスカートが脚のラインをより美しくみせていた。化粧をほとんどしていなくても、その美貌はじゅうぶんに際立っていた。彼女はエントランスまで出てきて俺の恰好《かっこう》を上から下まで確かめた。

「前から気になってたけど、ものすごく庶民的ね。コスプレとしてはアリかも」

「コスプレしてるつもりはないですけどね」

玲良はシニカルに笑い、「そのミサンガだけは及第点かな」と俺の左手に目を留めて言った。引き出しから久々に出してきた、雪の結晶を象った模様が編み込まれたミサンガ。自分にしては、思い切った決断だった。もちろん、静香が気づいてくれるんじゃないか、という期待を込めてのことだった。

「高校時代に買った、特別なものなんです」

「そう……個人的な思い入れのあるファッションて大事よ。どうせ幸福は金じゃ買えない。金で買えるのは時間くらいね。……そうだ、これは言っとかなくちゃ」

「ん、何でしょうか？」

「どういうわけか、多和田はあなたを気に入ったみたい。ってことは、今後ちょくちょく顔を合わせるわけだし、少なくとも私に対して敬語はやめて。キモいから」

「わかりました」

「ナメてんの？」

「あ、いや……わ、わかった」

「それでいい。あなたが、このタワーにまた来たいと思うのなら、その喋《しゃべ》り方を保つことね。経済格差を意識しないこと。それは人間の尊厳とは何ら関係がない。少なくともここにいる間はね」

俺は言葉なくうなずいた。彼女が読書家で、理屈っぽいと多和田が言っていたことを思い出した。まんざら嘘ではなさそうだ。

「いずれにせよ、私にとっても多少は暇つぶしになるかも。そういう意味では、お礼を言わなくちゃね。あの珍獣と二人だけじゃ息が詰まりそーだから」

ふふっと彼女は笑った。珍獣。それが彼女の多和田に対する評価らしい。じゃあなんで一緒にいるんだよという質問をぶつけるには、もう少し信頼関係を築く必要がありそうだ。

考えてみれば、こんなに日の高い時間にここを訪れるのは初めてだ。ドアを開けると、玲良はさっさと寝室に引っ込んだ。

「リビングで多和田がお待ちかねよ」

だろうね。さっそく向かうと、ソファにだらしなく寝そべった多和田が「趣味のいい服だ」と俺を誉《ほ》めそやした。社交辞令なのはわかりきっていたが、悪くない気分だった。

「GUで買った服ですけどね」

「僕の服はEUで作られてる。大した違いはないだろ?」

多和田はそう言ってから、壁を示した。

「これ、見てくれよ、さっき届いたんだ。じゃーん」

そこには、教科書で見たことのある、ピカソの名画《アヴィニョンの娘たち》が飾られていた。

さすがにレプリカだろうと思ったが、それでも立派な額縁に入れられると、かなり迫力があった。

「これ、本物なんだよ」

だって本物は、美術館にあるはずでは？　そんなことを俺が思っていると、表情を読み取ったのかこう続けた。

「ニューヨーク近代美術館にあるのはレプリカさ。何年も前に盗まれたんだって。でも、誰も気づかないからあのまんま飾られてる。塗り足していうのかな、そういうのがあって、レプリカか本物かは簡単に見分けがつくんだ。これは、本物。何しろ有名な美術コレクターから直接買い付けたんだからな！」

その美術コレクターに騙《だま》されている可能性は考えないのか、と思ったが、言わずにおいた。実際、偽物か本物かなんて俺には関係のないことだ。

「半信半疑って顔だね。まあ、僕もじつをいえば同じなんだ。だけど、最終的に重要なのって僕が本物と思うかどうかだろ。そう考えたら、どうでもいい気がして、何億でも払ってやろうと思ってさ」

信じたわけでもないのに何億も払ったのか？　思わず眩暈を覚えた。

「……偽物だと知ったら、腹が立ちませんか？」

「腹ねえ、そうだね、まあそのときは、べつの絵を買うさ」

いまのがジョークなのかそうでないのか、俺には判断できなかった。多和田はそれから急に絵画に興味がなくなったように絵から離れ、「本日の展覧会は終了」と言いながらカーテンを全開にした。

陽光が、不意に差し込む。

「大きい……太陽が……」

俺の素直な反応に、多和田はクスリと笑った。

「ここは太陽に近い場所だよな。天気のいい日の陽射《ひざ》しはホント、太陽に触れるんじゃないかって思うよ」

多和田は空に手を伸ばすふりをした。

タワマンの最上階から見る太陽は、俺の低層アパートから見るそれより大きく見えた。

その時、廊下から何かがアスリートのような動きでやってきた。ただしその筋肉は銀色だった。

ロボット――。お掃除機能のそれではなく、手と足と胴体がある。頭部はないから、機能が手と足に集中していることは想像できた。一瞬、そのまま突進してきてこちらに危害を加えるのではないか、というあらぬ想像をしてしまったくらい、それは精巧な作りだった。

「コイツは〈マスロ〉。ドイツ航空宇宙センターの技術をたたき台にして中国の企業が開発中の非売品でね。手と足の動きに特化していて、かなり精度の高い動きができる。たとえば――ジャンプ」

多和田の言葉に反応して、〈マスロ〉はジャンプする。まるで人間のようにわずかに膝を曲げ、勢いをつけて飛び上がり、膝を伸ばして着地する。

「最大二メートルくらいまでジャンプできる。驚くのはまだ早いぜ。見ていてごらん」

彼は、ボールを明後日《あさって》の方向へ投げた。〈マスロ〉は高々とジャンプし、そのボールをしっかりとつかんで着地すると、同じ勢いで多和田に投げ返してきた。多和田はそれをキャッチした。

「ボールのスピードや軌道を予測して動くんだ。十年前からある技術を応用したものだが、不思議とまだ商品化には至ってないんだよなぁ。こんなに面白いのに。これで遊び相手がまた一人増えた」

一緒にやろうぜ、と言うので、俺は仕方なくその輪に加わった。どう考えても暇人の道楽以上のものではなかったが、彼は心底楽しそうだった。

「コイツは遊び相手になるだけじゃない。洗濯物も畳めるし、料理も運ぶ」

今度はそう言ってタオルを一枚与えた。〈マスロ〉はじつに素早い動作で、タオルを几帳面《きちょうめん》に折り畳んでみせた。

「メイド要らずですね」

「あんまり歩き回られると迷惑だからすぐ電源切っちゃうけどね」

多和田は俺が自慢のロボットに驚いていることに満足したように見えた。

だが、玲良が現れると、また多和田の機嫌が悪くなった。彼女は化粧を済ませており、どこかへ出かけるのだとわかった。多和田が加減せずにボールを投げると、〈マスロ〉は難なくキャッチして同じ勢いで投げ返し、多和田の頭に当てた。

玲良が鼻で笑うと、余計に機嫌が悪くなって、多和田は〈マスロ〉を蹴り倒してしまった。

「馬鹿ね、そういうことしてるとまた壊すよ？」

玲良が呆《あき》れ顔で言った。

「僕の勝手だ！」

「……でしょうとも。今日の業務は終わったんでしょうね？　それさえ済ませてるなら、あとはご自由に」

玲良はため息をつきながらセラーからワインのボトルを取り出した。シャトー・マルゴーと読めた。彼女はそれをシャトーバカラに注いだ。

「毎日こんなことばっかりしてるの、この人。馬鹿みたいでしょ？」

「……楽しいし、羨ましいよ」

「羨ましい？　あははははははは」

玲良はさも楽しそうに笑ったが、相変わらずその陰に怒りがひそんでいた。

多和田は、リビングから出て行き、トレーニングルームに入った。あれだけ揃った設備を使いこなしているとは思えないくらい多和田の身体が貧弱なのが、謎といえば謎だ。

「大丈夫、一時間もすればまたご機嫌で顔を出す。いつもそうなの」

「よく喧嘩を？」

「喧嘩になればまだいいけどね。私たちは喧嘩をしないの。喧嘩って、互いを対等な関係と思っていないと成立しないものよ」

玲良はそう言いながらシャトー・マルゴーを飲み干した。

「ここは彼の聖域、私はここでは幽霊みたいなものね」

「そうかな……彼は玲良さんを大切にしてると思うけど」

「なぜそう思うの？」

「本当は、あなたと一緒に楽しみたいと思ってる。それができないから、俺を招いた。それだけのことだと思う」

ときどき見せる多和田の寂しそうな表情に、俺は勘付きはじめていた。玲良はわかってないのだろうか。

「面白い解釈ね。でも、私は彼との付き合いが長いからわかるよ。そんなふうに何かを楽しむには、私たちの関係は少し複雑すぎた」

その言葉の意味を、玲良がさらに説明してくれそうにはなかった。彼女は俺にもシャトー・マルゴーを注いだ。百年旅した末の褒美に与えられる果実みたいな味だった。

「あとで住所を教えて。服を手配するから。その恰好でここに出入りするのは、制服を着ているよりも悪目立ちするしね」

彼女は言いながら、吹き出すのをこらえている気配があった。彼女にとっては、誰かを怒らせるのも、小馬鹿にするのも、何らかの憂さ晴らしに過ぎないのだろう。不思議とそれが嫌味にならないのが、彼女の魅力だともいえた。

俺はバルコニーに出て、ゴーグルをつけた。

ほどなく、玲良もやってきたのがわかった。彼女は背後にある椅子に腰を下ろし、俺が〈フォール〉をやるのを見物するつもりらしかった。

「それ、気に入ったみたいね」

「そりゃあね。至福の体験ができる道具だから」

「あなたは無邪気ね。大人になってそんなもので楽しめるのは、心が汚れていない証拠よ。私は無理だけどね」

「一緒に飛ぶ？」

「それ、わるい冗談？」

ふっと玲良は笑った。

〈フォール〉を起動する。もしも高校時代に同じ台詞《せりふ》を言えていたなら、静香はどう答えただろうか。もちろんあの頃の俺たちの世界には〈フォール〉はない。けれど、〈ここではないどこか〉へ俺と飛び立つことを、あの頃の静香は望んでいたはずなのだ。

「飛ぶのは死ぬときよ。決めてるの。まあ、何にせよ、現実を見失わないようにね。あなたはここを一歩出れば単なるウーマイーツの派遣スタッフにすぎない。私たちは、つかの間、あなたをヴァーチャルな存在として対等に接するふりをしているだけなの。よそで会った際にタメ口で話してきたらすぐ警察につき出す——そういう関係。わかった？　ヨミくん」

「わかってるよ」

そう言ったとき、彼女と目が合った。目が合ったこと自体はそれまでも何度かあったけど、そんなに長い間見つめ合うのはそれが初めてだった。その吸い込まれるような瞳に、俺はやはり彼女が静香に間違いない、と確信した。

「もう行かなくちゃ」

「どこへ？」

「あなたに関係ある？　ゆっくりしていって」

玲良は俺の肩に軽く手を触れ、立ち去った。俺はゴーグルを外して、その後ろ姿を見送った。

ほどなく、トレーニングルームから出てきた多和田との間で口論が起こったようだ。俺はその不穏な空気をやり過ごすべく、またゴーグルをつけ、現実逃避を試みた。背後では多和田の罵声が続いていた。

俺は一点を凝視したまま逡巡《しゅんじゅん》した。彼女が俺に助けを求めているような気がしたから。でも、彼女はもう新たな暮らしを始めているのだ。俺に助けを求めるわけがない。都合よく考えすぎだ、と言い聞かせた。

リビングからは、不快な言葉や食器の割れる音が続いていた。今日は〈フォール〉日和ではないようだ。諦めて部屋に戻ると、ちょうどすべてに疲れたというようにかぶりを振りながら、玲良が部屋を飛び出していくところだった。

ドアを閉める音が非情に響いた。

残された多和田は、動き回る〈マスロ〉を金属バットで何度も殴っていた。そのうち〈マスロ〉は鈍い音を立てはじめた。

「君もやるか？　気持ちがスカッとするよ」

「俺は虐待はやりません」

「コイツに命はない」

「だとしても、遠慮しますよ」

ふん、と言って多和田はなおもバットを振り下ろした。ついに〈マスロ〉は倒れたまま手を振り回し、斜めに回転し始めた。

ロボットを追いかけて殴り続ける多和田は、それ自体が狂気のショウに見えた。問題は、たった一人の観衆がそのショウに興味がないという点にあった。

やがて疲れたのか、多和田はバットを床に捨てた。

「玲良さんとは、もうずっとあんな感じなんですか？」

「まあね」

「一緒に出かけてほしいのでは？　前にも誘われていましたし……」

　すると、多和田は教室の隅に落ちてる雑巾でも見るみたいに俺に目を向けた。

「マインズくん、次に知ったふうな口を利いたらここから出られないと思えよ」

「……ごめんなさい」

　出入り禁止ではなくて、ここから出られなくなるってのが何とも多和田らしい。

「遊ぶ相手は外で待ってる。俺が一緒に外出しないと知ってるから、ああやって挑発してるだけだ」

「……そういえば、多和田さんが外出するところを見たことがありません。外の世界に興味がないんですか？」

「外に何がある？　君は外の世界とここ、どっちが楽しいと思う？」

「それは――」

「ここなら、何でもある。どうしても外に出たきゃ、マンションの共用部にいくらでも施設がある。コンビニ、スポーツジム、ラウンジバー。まあ、どれも使ったことはないが、君の好奇心を満たすものは何でも揃えられる。それでもなお外に行こうと思うか？」

　俺は答えなかった。どんな答えも、結局は多和田を傷つけてしまうんじゃないかと思った。この脳の回線ぶっ壊れ男は、たぶん思いのほか繊細だから。

「今日は泊まっていってくれるか？」

「え……」

「何なら、ずっとここに住んでくれたっていいんだぜ」

「いや、それはさすがに……」

嫌なのだろうか。わからない。俺は代わりにこういった。

「着替えもないですし」

「未使用のものがいくらでもある。寝室に案内する」

「え……？」

「安心しろ。ここは５ＬＤＫだ。玲良の寝室、僕の寝室のほかにゲスト用の寝室もある。まあ、使うのは久しぶりだがね」

ああ、と気の抜けた返事をした俺を見て、多和田は楽しげに笑った。屈託なく笑うときの多和田からは、すべての邪気が消えて見える。そのたびに、俺はどっちが本当の多和田なんだろうか、と考える。もちろん、人間の性質はそんな単純な二択ではできていないだろうけれど。

4

その日、一晩じゅう俺は多和田の酒に付き合わされた。マインズとしての一日の過ごし方、休日の過ごし方、そんな他愛《たわい》のない話ばかりを多和田は聞きたがり、そのくせ自分の話はまるでしようとしなかった。おかげで、こんな話の何が面白いんだろうと思うような、どうでもいい話まで披露しなければならなかった。

深夜、俺が自宅の洗濯機に乾燥機能がないから、雨の日はコインランドリーまで行かなければならないという話を始めようとしたところで、ようやく玲良が帰ってきた。

「ずいぶん遅かったたな。誰と遊んできたんだ?」

多和田はほろ酔いの、呂律《ろれつ》の回らなくなった口調でそう尋ねた。そこまで酔っていなければ、たぶん声をかけようとも思わなかったに違いない。相変わらず視線は合わさず、返答次第では何が起こるかわからない、という空気が流れていた。

「またそれ……本当に信用ないんだなー」

「そんな話はしてねぇよ。誰と遊んできたのか、と聞いただけだ」

「同じことでしょ。私を信じてたら、出てこない質問」

「ふつうの質問だろ。君は外で遊んできた。一人で遊ぶタイプじゃない。となれば、相手がいる。単なる話題だ」

「じゃあその話題に私は乗りたくないってことでいい?」

「いや、乗ってもらう。僕と暮らしてるんなら、そうしてもらいたいね。ていうか、乗れ」

「ほら、やっぱり信じられてないじゃん。クソダサ」

冷笑を浮かべる玲良。だけど、その笑みの下に、わずかに寂しさが見え隠れしている気がする。気のせいか。

——うちを信じられんの?

不意に、脳裏に記憶がフラッシュバックする。

「いいから、答えろよ」

「ムリ。眠いから。おやすみー」

玲良は上着を放り、自室へ引き揚げようとした。

多和田が壁にグラスを投げつけた。

「またお得意のそれ？　後始末、ちゃんとしておきなさいよ」

立ち上がりかけた多和田を、俺は咄嗟《とっさ》に押さえた。

「少し酔ってますよ。いったん休みましょう。一度眠ってからゆっくり話せば、きっと大丈夫ですよ」

「マインズくん、次出しゃばると目をつぶすぜ？　……君は何もわかってないな。あの淫乱女のことを」

「そんなふうに言わないほうがいいです」

多和田はかぶりを振りつつ、ソファに座り直した。

そんな二人を見ていたら、さっきの台詞が、唐突にはっきりと思い出された。

――うちを信じられんの？

高校時代、静香が発した言葉だった。

たしか、彼女がいなくなる直前の出来事だ。校内に静香が教師とデキてるって噂が広まったことがあった。彼女は、それが理由で女子たちから敬遠された。あの年頃の連中なんてみんなアホだから。

ただ、当時静香に想《おも》いを寄せていた俺にとっても、当然うれしい噂じゃなかった。胸がざわついた。まさかって気持ちと裏腹に、その教師に体を寄せる静香の妄想が脳内を駆け回って、頭がおかしくなりそうだった。

ある放課後、一人でいた静香と、たまたま帰る時間が重なった。修学旅行以来、久しぶりに二人きりになった瞬間だった。

俺は、我慢できずに噂について尋ねた。

——あのさ、なんや女子たちがアホみてぇな噂を撒《ま》いとるやろ、あんなこと静香がするわけないのにな。

言い方には気を付けたつもりだった。だが、静香は俺のなかにある猜疑心を見抜いていた。

——うちを信じられんの？

真正面から、刃《やいば》を突きつけるような強い目だった。

信じる、信じとるよ、と答えた。

——ほんまに？　信じてくれんかったら、射貫《いぬ》くで？

静香は弓を射る真似をしてみせた。片目を瞑《つぶ》ると、ウインクみたいでドキッとしたのを覚えてる。彼女は弓道部に所属していた。

——どんなに遠くても見えるで。弓道とか射撃とかしよる人って、視力がめっちゃよくなるらしいんよ。一点に絞らないかんから、局部的視力っていうんか、視力悪くても、一点集中力がものすごいんよ。

——そ、そうなんや。いや、大丈夫、ほんまに信じとる。

本当は心の底から信じたわけではなかった。ただ彼女が言ってほしいと願う言葉を放ったに過ぎなかった。その証拠に、その後も静香と教師が絡み合う妄想は長いこと俺を苦しめることになった。

「多和田さんも外出されないなら、たとえば、この家にコールガールを呼んだり……」

「何の意味がある？　他人に自分の体を触らせて、弱みを握らせて、僕に何か得があるのか？」

「弱みを握らせる……そんなふうに考えたことがなかったです」

「誰かとつながるってのは、弱みを握られるってことだよ。それと――あまり僕をがっかりさせるな。人をオモチャにするのは簡単なんだ。だけど、その内面にはどろどろとした血が流れてる。気色のわるい情念の血がね。それを想像すると、僕は自分の体を重ね合わせてまで他人と関わろうって気にはなれないな」

　こっちを蔑むような口調でそう続けてきた。たしかにコールガールなんて言ったのは俺が悪かったかもしれない。俺としては、日頃突飛な行動ばかりとる多和田が、玲良の浮気にやきもきしている状態がアンバランスに見えただけだ。クレイジーな多和田らしい私生活を送ればいいのに、と。だが、それは多和田の哲学と反するようだ。

「戦わせるだけでじゅうぶんですか？」

「そのとおり。そうだ！　また今夜もアイドルを戦わせるか」

　多和田は急に元気づいて、スマホを手にした。

「今から都合できる？　かわいい子がいいな。あと、できるだけ芸能人としてまだお堅いイメージを保ってる子。ああもちろん、絶対に本気でファイトできる子だ。生ぬるい勝負は要らないから」

　電話を切る。

「一時間で来るってさ」

俺は、スクエア形のロボット掃除機がガラスの破片を回収しているのを眺めた。俺の知っているロボット掃除機に比べて吸引力が凄《すさ》まじいのに音が静かだった。ものの数秒で塵《ちり》一つない状態になったのにはいささか驚かされた。ロボット掃除機は役目を終えると、スマートな軌道を描いてリビングの隅にある充電ステーションに帰っていった。

「あのアイドルたちは、毎回新しい子が来るんですか？」

「そう、原則ここに同じ子が来ることはない」

「お気に入りのアイドルとかは……」

「いても、二度は呼ばない。信用できないからね」

「信用……ですか？」

「二度呼ぶってことは、僕が気に入ってると示すことになる。その好感は、当然相手も理解するところとなる。すると、どうなる？　その好感を利用したいって思うんじゃないのかな。少なくとも、もっと気に入られたいと思うだろ？　違うか？」

自分の頭のなかを覗かれた気がした。

もう四度も呼ばれてしまった俺は、多和田に気に入られたいがあまり、言葉を選ぶようになっている。それを多和田に見抜かれたら関係が終わる。そんな気がした。

「ワンコちゃんたちが来るまで、夜間飛行でも楽しもうか」

「そうですね……」

それは、望むところだった。できれば一人がよかったが、今日は多和田もバルコニーに出た。

五月の夜風はすでに夏の予兆を孕《はら》んでいる。季節は着実に変わろうとしているのに、この楽園にいると、そんなことすらどうでもいい気がしてくるから不思議だ。実際、エアコンのきいたタワマンに引きこもっていれば、きっと一生外界の季節なんて無縁で生きていけるのだろう。

俺たちは、それぞれの身体にハーネスを装着した。

〈フォール〉の時間だ。四十七階から飛び降り、身体がふわりと浮く。そのあいだは、俺も多和田も、たぶん童心に返っていた。

いちばん身近で目立つ存在でもある東京タワーは、水族館のジンベエザメのように俺を圧倒した。これほど間近で見なければ、誰もこのタワーの真の巨大さなんて実感できないに違いない。

多和田のリードに従い、ビル街のイルミネーションの上空を飛ぶ。まるで珊瑚《さんご》の眠る深海を泳ぐような神秘性に包まれた時間だ。しかし、ネオンの光は、昼間にははっきりと各々《おのおの》の場所が発信していた記号性を隠してしまう。帝国ホテルも東京駅も、夜の景色の中では名前を失ってしまうのだ。どれも番号を振られただけのマインズだ。

それから、多和田はぐるりと回って隣のタワーマンション〈六本木モアグランドタワー〉の前に戻ってくると、前方を示した。

「他人の暮らしを覗き見てるみたいで興奮するだろ？」

「……俺はそんな変態趣味はないですよ」

「へぇ？　それは意外だな。江戸川乱歩《えどがわらんぽ》の『屋根裏の散歩者』は読んだことないのか？」

「ありますよ。だいぶ昔ですけど」

俺の読書体験の八割は高校時代のものだ。大学以降は、酒と音楽の片手間程度になった。考えてみれば、静香という存在と、俺の文化的欲求が強く結びついていたんだろう。だから、大学以降は抜け殻になったわけだ。

「現代の〈屋根裏〉がこのタワマンだよ。地上から遠く離れたフロアにいる連中は誰も人目を気にしていない。カーテンをしてない奴がそこかしこにいるんだ。僕が〈フォール〉をやる楽しみはそれくらいしかないぞ。お気に入りは、たとえばあの右端の部屋の女だ。風呂に行く前にリビングで服を脱いでくんだぜ？　ほら今まさに……」

右端の部屋の女は、たしかに多和田の言うとおり、深夜にも拘わらずカーテンもしていないリビングの窓辺で堂々と服を脱ぎ、下着姿になって大きめの尻を揺らしながら恐らくはバスルームへと向かっていった。距離にして数十メートルはあるだろうが、〈フォール〉の中ではくっきりと細部が視認できる。

「そういうのはやめましょう！」

「常識人ぶるなよ。そうだ、間違い探しゲームをやろう。正解するたびに君に十万円やる」

多和田がそう言った瞬間、妙なシャッター音がしたかと思うと、突然、右端の部屋の女の後ろ姿の静止画が視界に現れた。

「いま、僕のゴーグルの映像を撮ってそっちに転送したんだ。ゴーグルの上部にあるボタンを押すと、いま見てる景色を撮影できる。これを使って間違い探しをやるぜ」

「良くないですよ……覗きじゃないですか」

「見えてるだけだよ。じゃあ、第一問」多和田は俺の当惑にお構いなしだ。「あの左端の部屋にいる男を見ろよ」

仕方なく言われたとおりに見ると、ちょうど静止画が現れた。男はTシャツにボクサーパンツ一枚という恰好でテレビをつけたままソファでうたた寝をしていた。またすぐにシャッター音がして二枚目の静止画が転送されてきた。

「はい、さっきの一枚との違いはわかる?」

「いや……まあ微かに動いてますけど」

「微かじゃなくて、大きな違いを見つけろよ」

「……すみません、わかりません」

「残念、十万円獲得ならず。正解は靴下を脱いだ、でした」

どうやら男は半分眠りながら無意識で靴下を脱いだようだ。

「足元まで見てませんでしたよ」

「観察力が足りないな。では次、正面のほら、夫婦喧嘩してる部屋」

多和田が示した正面の部屋では、ちょうど男女が口論を始めたところだった。もっとも、二人が夫婦かどうかは知らない。ただ、「喧嘩」にしては、一方的に男が怒鳴っているようにも見える。

「夫の怒りから逃げるように、いまブレスレットをつけた女が窓辺に来ました。ハイ、ここで第二問です」

またシャッター音がして静止画が送られてきた。ほんの数秒後、多和田はまたシャッターを切り、べつの画像が転送される。だが、二つの静止画の間にとくに違いはなさそうに見えた。

「もういいですよ」

「十万円だぞ?」

「いや、もうやめましょう」

直視に耐えない。僕は思わず目を逸らした。

「じゃあわかった、当てたら僕の大事な秘密を教えてやる」

「べつにいいですってば」

「ゲームだ、乗れよ」

仕方なく、俺はよくよく二つの画像を見比べた。

そして、気が付いた。

「最初の静止画では、窓についてる左手の親指だけが折り曲げられてました。でも、今はグーになってる。違います？」

「正解！　よし、僕のとっておきの秘密を教えてやろう！」

「いや、本当に結構ですから」

くだらなすぎる。こんな遊びでせっかくの至福の時間をつぶしたくはない。

「それより皇居のほうへ飛んでみましょう」

「フン、まあいいぜ」

俺たちはそれから、東のほうに向けて飛び始めた。が、すぐにあるものが目に留まった。

「あれ？　隣の建物、少し高くなりましたね」

二つのタワーの間に建設中のマンション。これまではさほど気にならなかったその建物が、気が付くと前よりも高い位置にある。

「そうだね。まだまだあのタワーは高くなる。最悪なことに、うちのタワーより高くなるそうだ。

と言っても、じゅうぶんな間隔があるから日照が遮られるってことはないけどね」

「でも、景色は遮られますね……」

「まあ、一部はたしかにそうだな。忌々《いまいま》しいことに」

不思議なものだった。建設中のマンションが少しずつ高くなっていく様は、さながらタワーでの暮らしへの憧憬《どうけい》が高まるのと重なるようだった。

そして、それと足並みを揃えるように、高校時代、静香に抱いていた恋情が生々しくよみがえりつつあることも、抑えようがなくなっていた。彼女の薦める本を読み、映画を観て、音楽を聴き、少しずつ自分が変わる、あの感覚が昨日のことのように全神経を走り抜けていった。

なぜ今、静香と俺の人生がふたたび交わることになったのか。いや、交わるという感覚自体が幻想か。ここは借り物の日常。ほんのちょっと割り込ませてもらっているだけ。静香と俺はもうすでにまったくの別世界の――。

いや、そうじゃない……これは運命だ。

「ところでさ、興味ない？　僕がなんでこんな優雅な暮らしを送れているのか」

「……優雅な暮らしを送れている理由……ですか？　そんなものがあるんですか？」

そういえば、先日多和田が自室に〈仕事〉と言って籠もっていたことがあった。あそこに、この暮らしの秘密があるのだろうか。

「僕だって昔からこうだったわけじゃない。いいよ、君を信頼して裏側を見せてやろう。さっきの賭けの〈秘密〉さ」

多和田はそう言うと、あっさりゴーグルを外した。俺はまだ〈フォール〉を楽しんでいたかったが、ここは移り気な多和田に合わせるしかなさそうだった。

それにしても、信頼って言葉は、あの男が使うと全然響きが違って妙だ。重たさが何もない、べつの意味をもった言葉に感じられる。出会って四度目で、信頼まで得られるものだろうか。

「早く来いよ、ヨミ」

俺は言われるがままに、多和田のあとに続いた。トレーニングルームの隣が、多和田の部屋だった。そこは壁際に小さなＰＣデスクが設置されている以外、何もなかった。多和田はノートパソコンを立ち上げ、アプリを起動した。すると、画面全体にグラフのようなものが現れた。

それが何を示すのか、俺には皆目わからなかった。だけど、数字の桁の大きさから、とんでもないやりとりが行なわれているらしいって気配だけは察することができた。

「これは、〈エニア〉という匿名コインの管理画面だ。匿名コインというのは、仮想通貨――最近じゃ暗号資産と呼ぶみたいだけど――の中でもとくに匿名性の高いものを指す」

「ふつうの仮想通貨は匿名性が高くないんですか？」

「通常、仮想通貨はブロックチェーンって言って、取引履歴が誰でも辿れるようになってるんだ。だけど、そういう追跡を阻止している仮想通貨もある。それが匿名コイン。その利用者が増えるごとに、俺のもとに金が勝手に入ってくる」

「それって違法サイトなんじゃ……」

「違法じゃないよ。たしかに金融庁は数年前に資金決済法を改正して、仮想通貨交換業への登録が義務化された。でも僕は〈みなし業者〉だから」

「みなし業者……？」

「法の施行前から〈エニア〉を運営していて申請は済んでるから、事業は継続していいよってことだね」

「なるほど……その、匿名性の高い仮想通貨は、どういう人たちが利用するんですか？　そもそもメリットがあまりよくわからないんですが……」

「おもにマネーロンダリングだ。要するに、貨幣洗浄。汚い金をきれいにするときに、匿名コインは非常に便利なんだ。あとは、テロの資金源とか」

「て、テロ……？　話が大きすぎて……」

「まあどこまでも大きくなるよ。最近はまた海外であれこれ活発化してるしね。国内だと、ここのところは半グレ組織が多く使ってる。半グレ組織――現在の指定暴力団のカテゴリには属さない、準ヤクザ的なグループだね。近年はそういう奴らが極端に増えていて、警察もいちいち取り締まれなくなっている」

「暴排条例で暴力団はどんどん減っているってニュースでは……」

「暴力団は減ってるよ。いわゆるナントカ組ってところはね。だけど、その基準から逃れたものは、むしろ増えている。警察にとっては、国民に暴力団が減ったとアピールできるわけだから、数字上はこれで問題ないんだろう」

「それじゃあ、この仮想通貨が、多和田さんの資産……」

「そう。俺はいくらでも仮想通貨を作ることができるし、仮想通貨で買い物ができるし、仮想通貨で手に入れた株や不動産を自由に売買することもできる」

予想以上に多和田の資産は潤沢なのだった。

俺はわからなくなった。青天井に資産をもつということの素晴らしさも、デメリットも、まったく想像がつかなかった。底なしの井戸を覗かされた感じだ。もしもそこに落ちてしまったら、二度ともとの世界には戻れない。そんな怖さを感じた。もちろん怖いのに、そこに落ちてみたいっていう魅力もあるけど。

その時だった。

不意に視線を感じた。振り返ると、玲良が立っていた。彼女はすでにバスローブ姿になっていた。

「さっきは冷たい言い方をして悪かったわ。帰ってくるとき、外に男が張ってたからナーバスになってたのかも。たぶん刑事よ」

その言葉に、多和田は表情を硬くした。不意に顔から血の気が引いて真っ青になり、唇がぶるぶると震えているのがわかった。

「そんなわけないだろ。怪しまれることは何もないんだ！」

「刑事でもなきゃ、スーツの男がこんな時間にタワマンの前うろついたりできないよ。すぐ警備員に通報されちゃうでしょ」

玲良のその分析に、多和田は一層取り乱しているように見えた。俺には二人のやりとりの意味が皆目わからなかった。そもそも、なぜ刑事の存在を恐れるんだ？

「君が考えすぎてるだけだ」

「そんなわけない。私を疑《うたぐ》り深《ぶか》い目で見てた」

「落ち着けよ、玲良。心配ない。何も心配ない」

それから、多和田は玲良を抱きしめた。玲良はそのまま抱きすくめられ、泣き出した。俺には二人のことがますますわからなくなった。二人は単にいがみ合う関係ではなく、心の底では愛し合っているというのか。

疎外感……いや、嫉妬か？　そのほうがしっくりくる。かつて静香が教師と噂になった時の感情を追体験しているのだ。あの時も、俺は静香が教師に抱きすくめられるところを想像するたびに、歯が歯茎から浮きだすような嫌な感覚を味わったものだった。その感じに、すごく似ている。何より涙に濡《ぬ》れた玲良には、ふだん見せている強気な側面の裏に隠された儚《はかな》さがあった。俺は自分が抱いている感情に何と名前を付けたらいいのかわからず戸惑っていた。

「大丈夫、なにも心配ない」

多和田は玲良の頬にキスをして抱きかかえ、寝室へ連れていった。それから何十分か、俺はじっとリビングで待っていた。できるだけ大きな音で音楽をかけ、何か聞こえても、あえて聞かないように気をつけた。こういう時はヒップホップのほうがいい。KID FRESINOやDaichi Yamamotoを次々とザッピングしながら、それでもその爆音の向こう側の音に耳を澄ませようとする自分が嫌だった。やめろよ、自分をわざわざ惨めにするな。

やがて、ボクサーパンツ一枚で現れた多和田は、貧弱な身体にうっすらと汗をかき、疲れた笑顔を俺に向けた。

「ヨミ、すまなかったな。みっともないところを見せた。でも、本当に問題はないんだ」

「刑事がどう、とかのことですか？　誰でも疑心暗鬼にはなるものですよね」

「そう。彼女はナーバスになってる。でももう落ち着いた。ああそうだ、さっきの仮想通貨の件は、誰にも言うなよ」

「もちろんです」

「そう言ってくれるだろうと思ってた。君みたいな人間になら心を許せる。今度、仮想通貨の仕組みをもっといろいろ教えてやる。君が自分でやれるようにね。君だって一生マインズくんは嫌だろ？」

「いやそんな……」

俺が言いよどんだのは、一生マインズが嫌なのか、よくわからなかったからだ。今の暮らしは、それはそれで悪くない。ただ、それが一生続くとなると、どうだろう。

「とにかく、僕の気持ちだから。受け取ってくれよ」

「……そんなに人を信用して、怖くないんですか？」

セックスに対しての潔癖意識と矛盾してやしないか？　身体を重ねることにあれほど不信感を持ってるくせに、四度しか会ってない相手に、秘密にしている財テクを伝授する？

「なんで怖いんだ？　だって君が僕の何をばらそうと、誰も見向きもしないじゃないか。そうだろ？」

そういう論理か。合点がいった。コイツは俺をとことん見下してるわけだ。俺が虫けらで、誰にも相手にされないから信用できる、と。ねじれたロジックだが、多和田には相応《ふさわ》しいとも言えた。

もちろん、多和田が何の悪気もなく言っていることはわかる。そもそも階級意識があること自体に気づいていないいんだ。だから、俺が誰からも見向きもされないってことを、単なる特性として語ってしまえる。俺は世間から見りゃ、単なる4443番なんだから。

それで人の心が傷つくかどうかなんて考えちゃいない。こっちに心があるとも思っていないのだろう。

インターホンが鳴った。アイドルが来たのだろう。多和田はモニターに向かう前に俺にこう言った。

「それに、君は僕の秘密をばらしたりしたりしないだろ？」

もちろん、ともう一度俺は答えた。

俺はこのとき、慇懃な態度とうらはらに、多和田が俺に親友の役割を強く求めていることに気づいた。多和田は俺が本当に唯一無二の親友であるかのように振る舞う。俺はそれを受け入れ、光栄だと示す。そういう〈ごっこ〉の時期だ。

だけど、本当はわかってる。こんなのは友情でも何でもない。すべては幻想だ。幻想ってことは、やがて醒《さ》める。それは、どう足掻《あが》いても現実じゃないんだから。

俺は自分に言い聞かせる。こんな楽しい豪遊の日々はそう長くは続かないぞ。続くわけがないんだ。だけど、俺はその後も多和田のもとへ通い続けた。通わずにはいられなかった。

だって——あそこに行けば、いつでも俺は高校時代に恋した女を、まっさらな気持ちで見つめることができるんだから。

その後も、俺が訪れるたびに、多和田は奇妙な、行きすぎた娯楽を始めた。ポールダンサーを呼んで、周りにサソリを撒いて悲鳴を上げさせたりもした。

いちばん滅茶苦茶《めちゃくちゃ》だったのは、高級割烹《かっぽう》料亭の板前を呼び、清少納言が書いている「甘葛《あまずら》」を食べたいと言って困らせた時だった。板前は「甘葛」が何なのかわからないというから、多和田はその場に国学者を呼びつけた。

近くの大学の研究室からやってきたその国学者は、蔦《つた》の樹液が近いのではないか、と解釈し、板前はその日のうちにヘリで蔦の樹液を保管している業者・団体を探しに行かされた。

真夜中に戻ってきた板前はやっとのことで甘葛を再現したが、肝心の多和田は寝ており、俺が一人で食べねばならなかった。儚く甘いかき氷みたいな感じで、それはそれで旨《うま》い気はしたが、数分後には食べたことすら思い出せなかった。

そういったことがたびたび起こった。

多和田の無茶で狂気じみた遊びは、それ自体が甘葛のように、過ぎた後では何も思い出せなかった。

そんなふうにして五月は幻のように過ぎ去っていった。

# 第三章　君の名をここで呼んでも

I

六月になった。建設中の隣のタワーは、また一つ階層が高くなった。ただし、梅雨時《つゆどき》ゆえに雨天で工事がストップすることも多く、作業自体は遅れがちになってきているようだ。

それでも、多和田の言うとおりなら、いずれはこの〈六本木ハイエストタワー〉と肩を並べ、さらには追い越してしまう日が来るだろう。将来的に眺望が遮られることを考えると、いささかネガティブな感情にもなる。だけど、まだ先のことについては、あまり想像力が働かないのが人間だ。

このところ、俺はあまりマインズとしての仕事をしていなかった。雨の日が増えたせいもある。雨天の宅配は過酷を極めるのだ。合羽を脱ぎ着する手間もあるし、商品も冷めやすい。濡れてしまったら怒られたりもするし、いいことなしだ。それに、そんなことをしなくても、多和田のところに行きさえすれば、贅沢すぎるご馳走《ちそう》にありつけた。最初のうちは生真面目《きまじめ》に毎晩帰宅していたが、多和田があまりにしつこいものだから、宿泊することが増え、自宅はたまに荷物をとりに戻るだけになった。すっかりタワマンの魅力の虜になったと言われても否定できないほど、俺は入り浸っていた。

その夜の多和田は、いつにも増して様子がおかしかった。雅楽の奏者を集めて平安貴族みたいな恰好で蹴鞠《けまり》をしていたかと思えば、不意に服が重たくてかなわんと半裸になって奏者を追い払い、ツェッペリンを大音量で流したりした。

気まぐれという点じゃいつも通りとも言えたが、そのどれもをうまく楽しめる心理状態にはなさそうだった。何やらずっとイラついていた。

「玲良、飲みに行ってこいよ」

十時を過ぎたあたりで、多和田はそんなことを言った。玲良は、明らかに不快そうな顔をし、それから無視して雑誌を読み耽《ふけ》りはじめた。

「いつものように、行ってこいって」

「指図しないで。私は好きな時に行く。今日は気が乗らない」

「じゃあ席を外してくれ」

その言葉で、玲良は何かただごとではない様子を嗅ぎ取ったようだった。

「何考えてんの？」

「べつに。楽しいこと」

多和田が微笑むと、玲良は呆れたような冷笑を浮かべながら自室に引き揚げて行った。

リビングのドアを閉めると、多和田は不意に俺に言った。

「君に頼みがある。君にしか頼めないことなんだ。と言っても、べつにそんな大したことじゃない。むしろ君にとっても楽しいことだ」

「気になりますね……何でしょうか？」

「あのさ、僕の前で玲良と寝てみてくれないか？」

はじめのうち、俺には多和田が何を言い出したのか理解できなかった。この男は、俺が自分の恋人と寝ることを望んでるってのか？

「いわゆる寝取られってやつだ。ＮＴＲ、ね」

「……なぜそんなことを言い出すんですか？」

「イヤか？」

「イヤとか、そういう次元の話ではなくて……」

「玲良と寝たくないの？」

俺は黙った。結論はわかっている。彼女はじゅうぶんに女性として魅力的だし、それだけではない特別な存在でもあることは、涙に濡れた玲良の姿を見た時にわかった。というか、そもそも、玲良と寝られるとして、喜ばない男なんてこの世にいるのだろうか？

「玲良は嫌い？」

「そんなことはないです」

「じゃあ断る理由はないよね？」

「だけど、倫理的におかしいですよ」

「倫理？　べつに彼女は僕の所有物じゃないぞ。他人の所有物をどうこうされたら倫理的に問題かもしれないが、僕と彼女は個別の自我をもった生き物だ」

玲良が外へ行くたびによその男の存在を疑っているくせに、よくもそんなことが言えたものだ。

だが、それを指摘しても多和田はまともには取り合うまい。

「他人の恋人と係わりをもつのは、倫理的におかしいです」

「それは倫理じゃなく文化の話だろ。たしかに他人の恋人と交わってはいけないという文化は多い。だけど、ほかならぬ僕がいいと言ってる」

「玲良さんの意思もあります」

「彼女だって、君とならば問題ないさ」

「そんなことわからないですよ」

「僕はこれでも彼女の好みは把握してる。彼女は君みたいな男に好意を持ちやすい」

「俺みたいなって……どういう意味ですか？」

「庶民的で、清潔感があって、顔が淡泊。彼女にとって大切なことは、自分が汚された感じがしないってことだ。だから、明日になったら関係をもったことなんか忘れてくれそうな相手、いつまでも夜の遊戯の支配幻想に酔いしれない相手が好ましいんだよ」

「支配幻想……ですか」

「先に言っておくと、彼女にはだいぶマゾヒスティックな傾向がある。すると、相手の男性はサディスティックな行為に及ぶわけだ。ところが、それによって彼女を支配したという錯覚を抱いて、その後も、彼女を思い通りに扱おうとする奴がいたらしい。遊戯の世界と現実の世界の区別がつけられない馬鹿が、彼女は嫌いなんだよ」

「なるほど」

「君にはそういう意味で、節度がありそうだ。あるいは、君のお好きな言葉で言うなら、それこそ倫理観がありそうに見える」

「……わかりません。他人の恋人と寝たことがないので」

「何でも経験してみるのはわるいことじゃない。そうだろ？」

「物事には限度があります」

世の中には、何度か固辞したあとに引き受ける日本人作法で進めていいこととそうではないことがある。これは後者だろうと思った。

だけど、多和田は譲らなかった。

「これは僕のためでもあるんだ。もしかしたら玲良への愛情が取り戻せるかもしれない」

「どうして俺が彼女と寝ることが愛情を取り戻すことになるんですか？」

「君とセックスする玲良をみたら、嫉妬心が湧くかも。そうしたら、また玲良を愛したくなるんじゃないかな」

「……今は玲良さんを愛していないんですか？」

「わからない。最近、まったくそういうことがわからないんだ。彼女は毎晩出かける。そのことに対しても、不満や怒りはあるが嫉妬ではないんだ。ただ何となく面白くない。これってもはや恋愛感情がないってことじゃないか？」

たしかに、ちょっと前に二人が喧嘩したあと、多和田が寝室に玲良を連れて行った場面以外で、多和田が玲良への愛情を示したことは皆無ではある。だけど、仮にも一つ屋根の下に住んでる恋人に対して、淡泊にすぎるのではないか。

「でも、彼女が落ち込んでるときは、優しくされてますよね。あのときの多和田さんは玲良さんを……」

「それは愛とか恋とはちがうね。傷ついてるものには優しくしなければならない。当たり前の話だ」

「その優しさがあれば何も問題がないのでは？」

「愛がなくても？」

「お二人が問題と感じていないのなら」

「問題だよ。げんに毎日こんなに面白くない気持ちを抱えてる。だけど、君に対して具体的に嫉妬できれば、状況が変わるかもしれない。それを君は拒むのか？　僕の親友のくせに？」

まるで詰将棋だ。俺は、出方を考えた。

「玲良さんの意見を聞くのが先です」

「彼女ならオーケーを出すさ」

「……だとしても、いま目の前で聞きたいです」

そんな事態を多和田がよしとするだろうか。わからない。彼はあまりに常識からかけ離れたところがあるから。

事実、俺の言葉を聞くと、多和田は「いいよ」と言って、ご機嫌で玲良の寝室に向かったのだ。ほどなく現れた玲良は、なぜ自分が連れてこられたのかよく理解していないように見えた。彼女は下着姿になっていた。右手にはトルストイの『戦争と平和』が握られている。きっと、もう休むところだったのだ。

彼女はソファに座ると足を組み、くわえた煙草に火をつけた。

「それで？　何の用？　私の読書を邪魔する価値があること？」

「ヨミと寝てみないか？」

「は……？　何を言ってるの？」

「君はそれほど彼を嫌っていないと思うけどね」

「……そういう問題じゃないでしょう」

「最近の僕らの問題は、君もわかっているはずだ。このままではまずい。それとも、君は僕と別れる日がきてもいいと考えてる？」

「それは……ちがうけど……」

彼女もこのところの彼との関係に隙間風が吹いていることはわかっているだろう。というか、むしろ彼女のほうこそが隙間風を作り出していると言ってもいい。

「それとも、君はもう僕と別れる準備ができてるのか？」

その言葉は、俺の想像を超えて長い沈黙を生んだ。別れる準備とは、端的にいえばよそに男がいるのか、その男との関係をとる覚悟があるのか、という意味だろう。

だが、彼女は言いよどんでいる。愛情の問題か。それとも、金か。多和田と別れることは、この裕福な暮らしを手放すことにもつながる。

だけど、多和田の次の言葉は、その可能性を排除した。

「今すぐ別れるならそれでもいいんだぜ？　すべての財産はこのままにして、僕はここから出て行く。君に全部やるよ。そうしたいのかって聞いてるんだ」

財産を打ち捨てていいというのか。そのことに俺はひどく驚かされた。

「出て行く？　あり得ないわね。だって警察が……」

「怖くないさ。何もかも捨てて行くんだから」

挑むような言い方だった。二人の間に幾重にも緊張の糸が張り巡らされて見えた。

「あなたと別れる気はないわ。わかってるでしょ、そんなこと」

「じゃあ、決まりだな？」

すると、玲良は煙草の煙をゆっくり吐き出した。

「私がこの人に抱かれたら、あなたはどんな気持ちになるわけ？」

「それを知りたい」

「また愛したいと思うの？　ここに一緒にいたいって」

「その可能性がある」

「卑怯《ひきょう》な言い方ね」

玲良は、まだ完全に多和田から気持ちが離れたわけではないみたいだ。俺は何か大きな誤解をしていたのかもしれない。

「……そうね、面白い実験かも」

「じゃあ決まりだ」

慌てるのは俺の番だった。こんなあっさりした展開、まったく予想していなかった。これまでも多和田はぶっ飛んでいると思っていたが、今夜はその矛先が俺に向いている。しかも、玲良がそれを承諾したとくる。もう頭が追いつかない。

「待ってください……お二人の意思はわかりました。でも俺の意思はどうなるんですか？」

「残念だけど、君は拒否できないよ。もし拒否するなら、不法侵入で通報する」

この空間にいると、常識というものはチリ紙みたいに簡単にゴミ箱に消えてしまうものらしい。

「……そういうことじゃなくて……」

「嫌なの？　私とするのが」

2

実際のところ、べつに俺は多和田の脅しを真に受けたわけじゃない。現実にそうかどうかはともかく、警察にマークされていることを恐れている男が通報なんかできるわけがないんだから。玲良に「怖くない」と言ったのはただのハッタリに過ぎないはずだ。

だけど、脅しには多和田の覚悟が見て取れた。単なる遊びや好奇心からの提案じゃない。そういう意識を感じた。だから、俺はもう言い返さなかった。

「いつ、どこですればいいんですか？」

「今夜、ここでってのはどうだ？　今夜は二人ともここにいるわけだから」

「つまり、このリビングで俺と玲良さんがセックスをする。それを多和田さんが見届けるってことですね？」

「僕は君たちの邪魔にならないように、この椅子から見学する。君たちは自由に振る舞ってくれればいい。場所を変えたくなったら好きなように動いてくれ。僕はそれに合わせる」

おかしなショウばかり見せられすぎたせいか。多和田の提案が常軌を逸しているのは間違いなかったが、さほど拒否反応はなかった。

とはいえ、本当にそんなことをしていいのか、半信半疑だった。他人の恋人と寝るってだけでどうかなとは思うが、それをその彼氏が見てる前で、となると本当にどうかしてる。だけど、煙草を揉み消す玲良の様子から、彼女がすでに決意を固めているのがわかった。

「せめて、少しだけ電気を暗くできませんか？」

俺が提案すると、多和田が笑い出した。

「ヨミ、君は女の子みたいなことを言うんだなぁ」

「……裸になるのは男も女も同じでしょう」

「温泉には行かないタイプか？」

「ええ、まあ」

しょうじきに言えば、俺はたとえ多和田という見学者がいなくても、暗い中でしたかった。セックスなどという間抜けでグロテスクな行為を明るい光の下でやるなんて滑稽じゃないか。影絵でじゅうぶんだ。

「灯《あか》りは、わるいが、そのままで頼むぜ。僕のせっかくの楽しみが台無しになってしまう。それに、彼女は見られて興奮するタチなんだ。そうだろ、玲良」

「だまって」

玲良はそう言ったが、ちらっと俺に向ける視線のなかに単なる羞恥心とも異なる独特の色香が混じっていた。

多和田が一度自室に引っ込んだかと思ったら、銀色のスーツケースを持ってきて、テーブルの上に広げた。そこには手錠やロープといった見慣れない道具が一式あった。

「ほかにも使いたいものは何でも使ってくれ。イレギュラーな道具のほうが効果的な場合もある。さあ、それではショウを始めてくれ」

言いたいことは腐るほどあったが、もう俺は不条理の渦に呑まれてしまったのだ。だから、とりあえず玲良の隣に腰を下ろした。微かだけれど、彼女が震えているのがわかった。

「私はいつでもいいよ」

まるで最強の格闘家のようにクールな言い方だったが、言葉とは裏腹に彼女の心臓の音まで俺の耳元には届いてきそうだった。自分も服を脱ぐべきか考えたが、彼女にマゾヒスティックな傾向があると言っていたことを思い出してやめた。

俺はぎこちなく彼女に手を伸ばした。

長く、複雑な方程式で時間が進んでいた。ときに数分が数時間にも感じられ、数十分がたった数秒にも変わった。最初のうちこそ緊張が支配していたけど、やがて皮膚の手ざわりが、その弾性が、すべてをうやむやにしていった。

静香――。

俺は心のなかでそう呟いた。

喘《あえ》ぎ声を聴きながら、高校時代のことを考えていた。あの時、こんなふうに静香を抱きしめていれば、いまごろ俺たちの未来はまったくべつのものになっていたんじゃないだろうか。

不意に、冷静な視線を感じた。

なぜか、多和田は玲良ではなく俺を見ていた。そして、にっこりと微笑んでみせた。そう、それでいい、と言わんばかりの微笑み方だった。多和田に嫉妬心が現れているようにはとても見えなかった。ただの変態的な満足がそこにあるだけなんじゃないのだろうか。

俺は玲良に目隠しをした。手錠も、鎖も使った。さまざまな手段を使って彼女を拘束した。それは玲良を興奮させるにはじゅうぶんだったし、結果的にその興奮は俺にも伝染した。

だけど、多和田にはどうなんだろうか？　ゆっくりと煙草をくゆらせ、ときに珈琲《コーヒー》を飲む多和田の顔からはいつまで経っても、苦悶《くもん》の表情を確かめることはできなかった。

それでも、途中からそんなことは気にならなくなった。俺も玲良も、いつの間にか互いの身体に夢中になっていた。

3

ショウが終わった後、多和田の提案で玲良と二人だけで、密室でもう一度身体を重ねることになった。

「なぜそんな必要があるんですか？」

「君は頭がわるいなぁ。当然だろう？　今のままじゃ、消費的な娯楽で終わる。そうじゃなくて、人間としての体温をもった行為だったことを互いに確かめ合ってほしいんだな。つまり、建前は捨てて本音で身体を求め合う時間が大事だ」

「だからそれは何のために……」

「いちいちうるさいなぁ、僕のためだよ。このままじゃ僕はショウを見せられただけだ。二人だけの絆《きずな》を温め合ってくれよ。そうしないと、僕も嫉妬できないじゃないか」

微妙な問題だった。理性の部分じゃ、俺はこれ以上の関わりは求めていなかった。こんなの正しくないから。

だけど、身体のほうは玲良との相性の良さを実感していた。玲良もたぶん同じだった。俺の進め方は彼女にとって程よく、玲良の反応は俺を刺激するのにじゅうぶんだった。

だから、玲良と俺は視線を合わせ、どちらからともなく、玲良の寝室へと移動した。考えてみれば、彼女の寝室に入るのは初めてだった。そこには、総革張りのキングサイズのベッドが中央にあった。ルフ社製のデザイナーズベッドだと玲良が教えてくれた。「リクライニング機能もついてるの」と。それは何よりだ。

クローゼットと並んで、大きなステンレス製の物体があった。はじめ、それは収納ボックスに見えたが、機械が発する鈍い音からそいつが業務用の冷凍庫であることがわかった。俺がそれをじっと見ていると、玲良が苦笑した。

「それ、多和田が衝動買いしたの。馬鹿でしょ。だいたいデリバリーで済ませるのに、アイスクリームと氷をしまう以外に用がないんだから」

「……なぜ寝室に？」

「いざ届いたら多和田の気が変わって要らないとゴネだしたの。で、しょうがないから私の寝室で引き取ることに。頭のわるい話よ。だから中に入ってるのはハーゲンダッツだけ」

「……後悔してる？」

「冷凍庫のこと？」

「いや、その……俺とこうなったことを」

いつまでも業務用冷凍庫の話をしているわけにもいかない。玲良はかぶりを振り、「ヨミくんは？　後悔してる？」と耳元で囁《ささや》いた。「本当は嫌だった？」

俺もまた首を横に振った。よくわからなかった。

だいたい、後悔というのはあとあとになってするもんだから。今の段階じゃそんなことはっきりとは言えない。そのはっきり言えないことを、先に彼女に尋ねたのは卑怯だったな、と改めて思った。そう、俺はいつだって卑怯だ。

今だって多和田の提案にしぶしぶ乗っかったような顔をしてるが、結局は彼女と寝たかったのだ。それだけのことだ。

俺は自己嫌悪を封じるように、玲良にキスをした。

彼女の唇は、まるでゼラチンを多めにして仕上げたゼリーみたいだった。

それからもう一度、今度は物質的にではなく、身体的に彼女を愛撫《あいぶ》した。倫理的におかしいかどうかはもはやよくわからなくなっていた。

ことが終わると、玲良は眠りにつき、俺はリビングに戻った。

一瞬、足が止まった。室内が、青空になっていたのだ。

多和田がプロジェクションマッピングで室内の六面すべてに白鳥やアホウドリたちを羽ばたかせてワインを飲んでいた。戸惑う俺に、多和田は「イギリスのテレビ局が十年間取材した鳥の生態の情報をもとに作られた〈バードワールド〉さ。イカしてるだろ？　ここで鳥じゃないのは僕らだけだな」と笑った。

ペリカンの群れが天井をゆったりと通りすぎ、床面ではコンドルと黒ハゲワシが獲物を奪い合っていたが、多和田はさして気にするふうもなかった。

「どう？　彼女、悪くないだろ？」

多和田はコントローラーを放り投げて尋ねてきた。

「ノーコメントです。俺が気になるのは、多和田さんに嫉妬心が湧いたかどうかってことですね」

「ああ、大いに湧いたぜ。すごく興奮したし、嫉妬もした。今すぐにでも玲良を抱きしめて、君とのセックスでどれくらい興奮したのか問い詰めながら尻を叩きたいところだよ」

「だったら、そうするべきですよ。彼女だってそれを望んでる」

「馬鹿だな、君は。何事もちょっと頭を冷やすのが大事なんだ。冷静になったほうが、そのぶん彼女をねちねちと言葉で攻める方法も考えられる。いま彼女と寝たら、激しく尻をぶつくらいしか思いつけない。それは単調で動物的じゃないか？」

「わかりません」

セックスなんてどう足掻いたって動物的なものじゃないか。でもそうは言わなかった。

「ちょっと夜風に当たらせてください」

「ご自由に。せいぜい汗を乾かせ」

その〈せいぜい〉ってのがムカつくんだよ。俺は人工の青空を抜けて、バルコニーに出た。それから、いつものように〈フォール〉を起動する。

今日で何かが変わってしまった。

漠然と取り返しのつかないことをしたような罪悪感がある。

本当にこれでよかったのか？

何から何まで間違った選択をしてしまったんじゃないのか？

身体が宙に浮く。

少なくとも、身体はそう感じる。闇夜を舞うと、バットマンにでもなったみたいな気分になる。自由で、最強の存在。そのまま高校時代に戻って静香を救い出すことだってできそうな、そんな気持ちにすらなる。

十五分ほど気を紛らせてから、俺はリビングに戻った。

多和田はさっきと変わらぬ姿勢で相変わらずワインを飲んでいた。

その向かいの席に、同様にワインが注がれていた。

「ロマネ・コンティ95年。特別なワインだ。君のために開けた。乾杯をしよう」

俺は何も言わずにグラスを手に取った。どう考えるべきか。だが、頭の芯はまだ玲良の余韻のせいか夜風でも冷め切らず、ひどく熱を帯びていた。

「今こそやっと君と親友になれたかも。いや、もはや君を僕にしてもいいくらいだな。ビンゴ」

意味がわからなかった。クレイジーな奴のクレイジーなたわごとだ。聞き逃すことにした。あれこれ考えるには疲れすぎていた。

「君は一つの関門をクリアした。そこで、次なる提案をしたい」

「勘弁してください」

「面白い提案だし、君にとっても旨味のある話だ」

「もう彼女とはしませんせん」

「好きにしろ。その事実は消えない」

「……次なる提案とは？」

「まず興味があるか聞かせろよ、マインズくん」

「……喉が渇きました」

俺は煌くグラスを掲げて乾杯をした。それが何を意味するか、わからないわけではなかった。どうせ俺はこの男の提案を受け入れることになる。俺には断ることなんてできやしないんだから。

なぜなら――俺はもう玲良を抱いてしまった。

あたかも避けられない命令を受け入れたみたいな顔で、我欲を満たしてしまったその罪悪感にまでは背くことはできない。でもって、多和田はそんな俺の葛藤にたぶん気づいてる。少なくとも、多和田の目は、そう語っていた。

多和田は俺がワインを飲み干すのを待ってから次なる提案を口にした。

「しばらく、君の暮らしと僕の暮らしを交換してみないか？」

「はい……？」

あまりの話に、気が遠くなりかけた。

「君が玲良を恋人にして〈僕〉を演じてくれたら、僕はすごく楽しめる。つまり、君が今日から多和田彗都としてここで暮らす。で、代わりに僕が〈4443番〉として君のアパートで暮らす。どうだ？」

「いやいや……言っている意味がわかりません」

セックスを交代するのとはわけが違う。それよりはるかにスケールの大きな話をしているようだ。だが、あまりにもリスクが大きい。具体的に何が、というわけではないが、すぐに俺はそう判断した。

「無理です。人間の生活はその人が思っている以上にその人個人でしか扱えない情報で成り立っています」

「でもセックスは代われた」

「セックスほど日常は単純じゃないですから」

「たいして変わらないだろ」

これじゃ平行線だ。このまま議論を続けても、歩み寄ることにはならない。

「パトリシア・ハイスミスの『リプリー』って小説があるだろ？　知ってるか？」

「『太陽がいっぱい』ですよね？」

「アラン・ドロン主演の映画のタイトルはそうだったな。だが、いまどきそっちで記憶してる奴も珍しいよ」

「そうですか……」

母親の影響で、アラン・ドロンの映画をその昔、嫌になるほど見せられた。母はイケメン俳優がとにかく好きで、アラン・ドロンを永遠の恋人と呼んでいた。

『リプリー』は詐欺師の青年トム・リプリーが、富豪の青年ディッキー・グリーンリーフと友情を築き、やがてはその命を奪い身分を騙《かた》って生きるという犯罪小説だ。

「僕はマット・デイモン主演の『リプリー』が好きだね。ディッキー役のジュード・ロウがいい味を出してる」

「マット・デイモン版は観てないんですよ」

「原作に忠実なのは『リプリー』のほうだぜ」

「そもそもハイスミスはちょっと苦手なんです」

あの蚯蚓が地を這うみたいな心理描写が、初読ではちょっとしんどかった記憶がある。といっても、高校時代だからだいぶ前だ。静香の影響だった。彼女は海外文学にも詳しかったから。

「いったんハマったら抜けられなくなるよ。とにかく、そう、『リプリー』みたいなもんだ」

「あれは犯罪小説ですよ。それに、トム・リプリーは――」

「ディッキーを殺した？　そこまで真似てくれとは言ってない」

多和田はおかしそうに笑った。上機嫌なようだ。そして、多和田が上機嫌であるということは、とにもかくにもこれが一種のゲーム感覚で提案されてるってことだ。で、ゲーム感覚だってことは、実行が決まっているってことでもある。

多和田は、いつだってゲームに対して真剣なんだから。

「とにかく、君がリプリーになって僕の暮らしを乗っ取れよ。僕らは背丈が同じくらいだし、どっちも線が細く、印象の薄い顔立ちをしてる。マスク着用が増えた昨今なら、入れ替わってもわからない。ちょっとしたゲームさ」

多和田の口から出る前からわかっていた。ゲームである以上、中断するなんて、多和田の性分には合わないのだ。

「何日くらい交代するんですか？」

「とりあえず二週間とか？　それくらい。気に入れば、もっと延ばしてもいいね」

多和田は子どもみたいに目を輝かせた。

「でも俺、アパートの電気ガス水道全部止まったんです」

このところ多和田と遊ぶ時間を優先し、ウーマイーツの仕事をほとんど入れていなかった。家賃すら際どい。

多和田は、生まれて初めて笑わせられたみたいな涙目になって笑い転げた。

「ああお腹《なか》痛いなぁ……馬鹿か、君は。それくらいお安い御用だよ。引き落としか？　君の口座番号をいま教えとけよ」

多和田はその場でスマホを操作しはじめた。手慣れた動作だった。

「振り込んだよ。僕が君になっている間、君のカードを預かってよければ、支払いはすべて僕のほうで済ませる。差支えなければ暗証番号も教えてくれ」

「え……暗証番号をですか？」

躊躇《ためら》った。当然だ。暗証番号なんて超個人情報だ。

「さすがに怖いか？　でもよく考えろよ。暗証番号を悪用する人間って、金儲けのためだろう？　僕にその必要があるか？」

「……ないですね」

言われてみれば、まったくその通りだった。だが、それならいいのだろうか？　ほかに不都合はないのか？　俺はあれこれ可能性を考えた。

だが――数秒考えてたどり着いたのは、あいにくこの山下創一には奪われて困るものは何一つなく、暗証番号を知られても痛くもかゆくもない、という悲しい結論だった。俺はしぶしぶ教えた。

「……だけど俺の家、そもそもそんなにきれいじゃないですけど……いいんですか？　ここよりずっと狭いですし」

「マインズくんの家が広くてたまるか！　あんまり僕を笑わせるなよ。僕はね、そこも含めて楽しみたいんだ。もうずっとタワマンにいやいや住んできた。こんな不自由な暮らしには飽き飽きしてるんだよ」

「……玲良さんにはどう説明するんですか？　彼女は今日のことを、多和田さんの愛情を取り戻すための行為だと思ってるはず。それなのに、多和田さんが出て行くとなったら——」

「ただ出て行くんじゃない。君と入れ替わるんだ。何も問題ないさ。それにゲームだから。ゲームが終わったら、彼女を愛すればいい。頭を冷やすにはちょうどいい期間だと思うしね。帰ってきたら、たっぷり言葉攻めにしてやるよ」

「わからないです……俺にはこれが本当にいいことなのかわかりません。あまりにも俺の処理速度を超えて、多和田さんが妙な提案ばかりしてくるから……」

俺は思っていたことをしょうじきに話した。我ながら間抜けな感想だったけど、本当なんだからしょうがない。

「なに、ちょっとの時間、べつの人生を歩くんだよ、お互いに。人生は一回きり。二つの人生を味わう機会は訪れない。だが、僕たちが協力すれば、それができるんだ。こんなワクワクすることってほかにないだろ？」

「そうなんですかね……」

「とにかく、支払いの問題はこれで解決。さあ、君のウーマイーツの制服を貸してくれないか？

いつもリュックに入ってるんだろ？　あと、スマホも借りたい」

「え、まさかウーマイーツでバイトを？　多和田さんが？」

「だから、多和田彗都の暮らしと4443番の暮らしをチェンジするんだよ。肉体労働なんて久しぶりすぎて、もう今からワクワクするよ」

もはやコイツが何を考えているのか、常人の思考ではとても追いつかなかった。ふつう働かなくていいなら何日でも休んでいたいと考えるのに、この男は何もしないことに飽き飽きしてるっていうんだから。だが、同時にこの提案は願ってもないものでもある。この暮らしを自分のものにできるなんて。

「ああそうだ。一つだけ約束してくれ。このタワマンから絶対に一歩も出ないこと。なに、難しくないだろ？　ウーマイーツで食べ物は何でも運んでもらえるし、それ以外のものだって指先一つの操作で手に入る。緊急に必要なものがあれば、二階の共用部にコンビニがあるし、泳ぎたくなったらプールもある」

「あまり急に泳ぎたくなることはないと思います。かなづちですし」

「なら安心だな。とにかく、タワマンから一歩も、だ。たとえ地震が起こっても、竜巻がやってきても。約束だぞ」

いささか執拗《しつよう》な口調に俺は戸惑った。何しろ、そう言うときの多和田ときたら、珍しく真顔だったのだ。俺は深く頷いて安心させた。以前、玲良が警察がどうのと騒いでいたことを思い出したからだ。これだけの優雅な暮らしの裏に、少しばかり後ろ暗いところがあっても不思議はない。

多和田は俺の反応に一定の満足をしたのか、上機嫌になった。

「それじゃ、仮想通貨や株について最終講義をしておくか」

# 4

「好きにしなさいよ、付き合いきれない」

それが、多和田の話を聞いた玲良の感想だった。けれど、彼女はその後ちらっと俺に視線を向けた。彼女のなかに二つの自我が蠢《うごめ》いているのがみえる。

一階のエントランスまで多和田を送る時、彼はすでにウーマイーツの制服を着こんでいた。だから、周囲から見ると、配達員とここの住人が一緒に歩いているように見えたことだろう。実際は、その二人が入れ替わっているのに。

俺は一通りウーマイーツの仕組みを教え、アプリのログインＩＤを伝え、スマホのパスコードを教えた。それから、家の鍵と鞄《かばん》を渡して、地図アプリで自宅までの案内を指定した。

「家の中に触られたくないものはあるか？」

「んー、ＣＤのコレクション、あとはネットの履歴は見ないでほしいです。俺の好みがバレてしまうので」

「わかった。ほかには？」

「ありません」

本音を言えば、部屋のあらゆるものに触れてほしくはないが、この際贅沢は言えない。それにこの男のことだから、言った順に触る可能性だってなくはないのだ。唯一の保証は、この金持ちにかぎっては、家から何かを盗んだりする心配はないってことだ。

〈およそ、二十分ほど、かかります〉

アプリはそう告げると、多和田を誘導しはじめた。気が早い。まだここは〈六本木ハイエストタワー〉のエントランスホールだってのに。

「駐輪場に、グレイのクロスバイクが停まっています。〈ネイティブダンサー〉ってスプレーで書いてあるので、すぐわかります。鍵の暗証番号は4443。三日に一度は空気を入れてあげてください」

多和田は「任せとけ」と言うと、手を振ってエントランスの自動ドアを潜って行ってしまった。

ポケットには、多和田からもらったカードキーが入っていた。それを持ってさえいれば、共用部の自動ドアは開き、エレベータは近づくだけで止まってくれる。降りるボタンも指定する必要はなかった。その住人の住むフロアでしか止まらない、そういう仕様になっているのだ。

何もかもが自動だった。そして、それらが自在になることで、わずかながら特権性に浸ることになった。自分がつかの間、多和田になっていることを、この瞬間ほど強く実感できたことはなかった。

四七〇四号室に戻ると、多和田の書斎に入り、匿名コイン〈エニア〉の管理画面を開いた。そこは、仮想通貨の裏側であり、あらゆるデータが揃っていた。もちろん膨大な数字を前にしても俺にはよくわからない。じつはそれは多和田も同じらしい。ただ、信頼できる〈採掘者《マイナー》〉が数名WEB上にいて、彼らに質問をしたり指示を出したりすれば、運営管理が可能だった。

——やり方さえ覚えれば、どんな馬鹿でもできるから。

その言葉に誇張はなかった。たしかに、指示さえ間違えなければ、利益が日々多和田の手元に残るようになっていた。

多和田に約束させられたことがもう一つあった。

——インターホンが鳴っても、宅配を頼んだ時以外は絶対に出るなよ。

理由は教えてくれなかったが、これも一歩も外に出るな、という約束の延長なんだと理解した。むずかしいことではない。破る意味もない。これほどの裕福な暮らしに対して、その程度の条件は大したことがないように思えた。だから、多和田に言われた決まりだけはしっかり守ることにした。

それから、あんまり使われた形跡のないトレーニングルームに向かった。毎日筋トレができるのは何より素晴らしいことだった。

——ここで物足りなきゃ、マンション二階の共用部にスポーツジムもある。そっちを使う手もある。

多和田はそう話していたけど、これほどトレーニング用品が充実していて共用部にまで足を延ばす意味はなさそうだ。そっちは二十四時間営業じゃないし、他人に会うのも面倒だ。

ここは文字通りのプライベート・ジムだ。多和田はかつて言っていた。

——一時期、マッチョに憧れたんだ。無理だとすぐにわかったけどね。

——なぜ無理なんですか？

——筋肉に嫌われていたのさ。

多和田は首をすくめてみせた。彼には「たゆまぬ努力」といったものがまったく不釣り合いで、だから筋トレに飽きたのも俺にはすごく納得できた。

その晩から、俺は彼のグッズを使って運動をして、サウナに入り、シャワーを浴び、美味《おい》しい酒を飲んで、〈フォール〉で遊び、快適なベッドで眠った。そして、朝になると、ウーマイーツで頼んだ豪華な朝食を楽しみ、午後にはまたべつの店からランチを運ばせた。

基本的に、朝が遅い玲良は朝食をとらないので、玲良と一緒に過ごすのはランチからだった。だからランチは、大抵、玲良の好みになった。最初のうち、俺たちは互いの距離感をどうしたらいいものか考えあぐねていた。もはやセックスをする口実があるわけでもない。だけど、同じ屋根の下にいて、二人の間には何の障壁もない。何しろ、ここには多和田はいないのだから。

だが――万一監視カメラを仕掛けられていたら？

この生活もまた、多和田の〈遊び〉に利用されている可能性は、じゅうぶん考えられる。そんなわけで、俺たちは当面の間は距離を保った。

俺は日々しっかり運動をし、一日の終わりに〈フォール〉を楽しんだ。空を舞うたびに俺は、過去と自分との距離感さえ失われていくような感覚を味わうことになった。

ある時、俺は尋ねた。

「いつから玲良と名乗るようになったの？」

「……どういうこと？」

「前に言ってた。玲良っていうのは本名じゃないって」

「あなたに関係ない」

「そうかも」

人にはそれぞれ、昔の名を捨てる理由がある。俺が山下創一の名を忘れて生きてるみたいに。なぜ昔の名前を捨て、玲良という名になったのかはわからない。だけど、どんな理由があっても、それは過去のことで、俺と彼女は今ここにいる。つかの間〈多和田〉として、〈玲良〉として存在している彼女を愛するって選択肢もアリと言えばアリだ。

だけど──。

かつて、静香が俺に尋ねたことがある。

──ねえ、もしもうちが今とまったく変わってしもうたら、それでもうちのこと、気づいてくれるん？

俺はわからない、と答えた。だが、今ならわかる。俺はあの時、どんなふうに変わっても、必ず君を見つけ出すと言うべきだったのだ。

過去は何一つままならない。それでも、俺はこうしてここにいて、ふたたび彼女を見つけ出した。そのことは、かりそめの愛を謳《うた》う以上に、大切なことに思えた。

「君のことを、もっとよく知りたい」

「ふん、なぜ？　多和田もいないのに？」

彼女がクールぶっているだけなことはわかっていた。だから、俺はただ黙ってみることにした。結論は、俺が下すことじゃない。

やがて、彼女は沈黙に耐えられなくなったようにこう続けた。

「ワインを開けない？　これからしばらくこうして暮らすわけだし、もっとお互いのことを知り合いたいって言うなら」

悪くない提案だった。俺はうなずき、食器棚からシャトーバカラを二つ用意した。それから、彼女が持ってきたシャトー・ペトリュス72年を開栓し、二つのグラスに均等に注ぎ分け、一つを彼女に差し出した。

「ねえ、『幸福たらんと欲しなければ、絶対に幸福にはなれぬ』。本当だと思う？」

「誰の言葉？」

「思想家のアラン。そして、今のところ私の信条でもある。あなたに会えたから、もう少しこの信条を続けようかと思ってる」

それから、彼女はグラスを掲げた。

「これからの生活に」

「つかの間の幸福に」

乾杯を終え、グラスに口をつける。だが、まったく俺は油断していた。彼女が言う「互いのことを知り合う」とは、セックスのことだったのだ。彼女が突然俺にキスをしてきた時、あまりの展開にどう考えるべきかわからなくなった。

そもそも俺は、また玲良とこんなふうになりたいのかどうか。だけど、そんな戸惑いが、その過程でどろどろに溶けていった。心地よい雪解けの感覚だった。

数時間が経った頃には、互いに打ち解けた気持ちになっていた。だから、彼女から過去の話を、彼女が玲良と名乗るまでの話をどうしても聞きたいって気持ちが徐々に高まっていった。

その日から、俺たちは何のわだかまりもなく、監視カメラがあるのではないかと恐れることもなく、堂々といろんな部屋で抱き合った。

玲良との関係は、隣のタワーの建設速度と競い合うみたいに深まった。いつか、隣の建物がこのタワーを追い抜く日がくるなら、自分も多和田を追い抜いてしまえるんじゃないのか？　そんな錯覚に陥りそうになった。

そのことに、俺は少なからず背徳感を抱き、そのたびに〈フォール〉の世界に耽って現実逃避した。そもそも、静香は俺を覚えているのだろうか？　このタワマンで初めて視線が合った時は、もしかしたら、と思ったし、俺に何らかのサインを送っている気すらした。でも、今になってみるとその確信は揺らいでいる。

覚えているわけないか。都心のタワマンで暮らしていれば、あんなド田舎《いなか》の高校時代のことなんて忘れてしまえるんだ。

静香――その名をここで呼んでも、彼女には届かない。

いいじゃないか。俺だって名前を捨ててこのまま多和田になりきったって何も悪かない。そうやって、背徳感に蓋をする。

――怖いん？　うちは今ここにしかおらんのに。

かつて、静香に言われた一言だ。あれはたしか十二月で、夕方六時とはいえ、辺りはすっかり暗かった。俺と彼女の家の分かれ道で数分談笑するはずが、気が付くと一時間が経っていた。

最初の話題は、音楽だった。俺は自分の好きなサカナクションの話を、彼女はtofubeatsとか水曜日のカンパネラ、羊文学など当時出てきたばかりのアーティストのサウンドの新しさを熱弁していた。その頃は、周りがベタベタした邦楽ばかり聴いていたから、俺と静香は、好みは違ってもお互いに〈いい音を聴いている〉と認め合っているところがあった。

それから彼女が最近読んだ小説の話を始めた。海外文学が好きな彼女は、ジョン・アーヴィングとか、ジュンパ・ラヒリの小説の魅力について語り、俺はその頃ハマりだしていたレイモンド・カーヴァーの文体について、拙《つたな》い言葉で説明を試みていた。その後は、その夜に配信で観る予定だった『マッチポイント』の話。彼女はすでにその映画を観ており、ウディ・アレンは嫌いだけど、アレンが出演していない作品は好きと、独特の言い回しで力説した。

俺も彼女も、もっと話していたいって気持ちが芽生えていた。で、帰る時間を延ばし延ばしにして、数秒間の沈黙が生まれた。

そのときに、彼女がそう問いかけたんだ。

――べつに。

俺はそう言って視線を逸らし、笑って誤魔化した。終わりの合図だった。「そろそろ行かな」と彼女が言い、「ほな明日」と俺が答えた。

あの時、俺は彼女に触れることを恐れて、自分で終了の笛を吹いた。

昔から、他人の人生に大きく踏み込むことを恐れてしまう。

もういいかげん怖がるなよ。俺は自分に言い聞かせる。過去を忘れて〈今ここ〉と向き合うのは自然なことにも思えた。

玲良がかつての名を捨ててここにいるように、俺も山下創一という名を捨て、４４４３番であることもやめ、今はつかの間の多和田彗都として玲良を本気で愛し始めている。都合よく言えば、俺はつねに新しく生まれ変わっているってことだろう。

間もなく交換生活から十日が経とうとしていた。

俺は毎日のように多和田のワードローブから服を選び、鏡の前で色合いをチェックした。肌ざわりが柔らかく、動きやすい。

リビング・ダイニングとつながったアイランド型の天然石仕様キッチンで料理をし、出た生ゴミはすべて備え付けのディスポーザーで処理した。コンベクションオーブンからベイクドポテトの香りが漂ってくると、修理の済んだ〈マスロ〉に料理を運んでもらい、玲良に声をかけてランチをとった。

玲良が穏やかな笑顔で微笑むようになると、何とも言えない満足感があった。ここは俺の場所なんだ、正しい場所にいるんだ、と思った。

多和田は、とりあえず二週間と言った。場合によってはもっと延ばす、とも。ぜひ延ばしてくれ。何なら、永遠に延び続けてくれても構わない。いつの間にか、そんなふうに思い始めている図々《ずうずう》しい自分がいた。そのことが、恐ろしくもあった。俺って怖い奴だなぁと真剣に思った。だけど、実際、玲良を幸せにするという一点だけ考えれば、この場所に相応しい人間は多和田じゃなくて俺なんじゃないだろうか。

そうこうするうち、気が付けば俺は、玲良の気をもっと引くような態度をとるようになっていった。

そうして間もなく、約束の二週間がやってこようとしていた。

# 第四章　過ちは繰り返さない

## 1

多和田がふたたび現れたのは、予定より遅く交換生活開始から十五日後のことだった。その日の夜九時過ぎに、〈ヨミ〉から連絡があった。間違いない。〈ヨミ〉。多和田に貸してる俺のケータイの番号だった。

俺は玲良の寝室で彼女を抱いている状態で電話を受けた。

「お楽しみのところわるいが」

多和田はまるで見えているみたいにそう言った。

「……いや、ただ寝てただけですよ、いま起きたばかりで……」

嘘はついていなかった。俺は深い眠りから、玲良にペニスを握られて目覚めたばかりだったんだから。それでもさっと中断して身を起こせたのは、ここ最近の筋トレの結果だろう。

ところが、そんな俺の変化を見抜いたかのように、多和田は乾いた笑い声を立てた。

「優雅な暮らしに慣れ切った堕落人間の典型的な声の出し方だなー。急に緊張したりしない。自分のペースを崩すことを嫌い、ゆとりをもって対応する。君が今の暮らしに順応したことをうれしく思うよ」

「……どうかされましたか？」

内心面白くない気持ちを抱きながらそう尋ねた。

「近くに配達に来たんだ。少し寄っていってもいいか？　なに、まだこの暮らしに飽きたわけじゃない。アパートがようやく体に馴染《なじ》んできたとこさ。君が昔好きだった子についてもわかったしね」

いやな予感がした。自分のアパートの引き出しにしまってある高校時代の写真を思い出す。

あれを——見られたか。

静香と俺が、修学旅行で通行人に頼んで撮ってもらったツーショット。あの写真を見られたのだとしたら、俺がなぜ多和田の好意を受け入れたのかが、すべて露呈したことになる。

俺はできるだけ平静を装うことにした。

「好きな子ですか……いっぱいいましたから、誰のことだかよくわかりませんね」

「そっかぁ、そっかぁ。ふっふっふっふっふ。まあいい、お互い積もる話もあるだろうし、今から行くよ。構わないよな？」

「……お待ちしています」

電話を切ると、眠りから覚めたばかりの玲良が俺の顔を見て尋ねた。

「多和田ね？」

「……今から来るって」

「あなたを追い出す気かも」

「わからない……近くに来たからって言ってたけどね」

その言葉を真に受けていいかどうかはわからない。

俺は曖昧に返事をして、シャワーを浴びると、すぐに着替えた。シルクのシャツがするすると皮膚を覆う。

珈琲を沸かし、クッキーを一枚頬張ったところで、インターホンが鳴った。

〈うまーいを即お届けぇ、ウーマイーツどぇーす〉

声から多和田だとわかる。本物の配達員だとしたらクレーム間違いなしのふざけっぷりだ。カラーモニターではマインズの制服を着た多和田がカメラに向かってウインクをしていた。

「いま下に行きます」

多和田は居住者用のインターホンを鳴らしているようだ。

俺はカードキーをポケットにしまい、エレベータに乗った。エントランスにいた多和田は、どこから見てもマインズに見えた。もう夜の十時を過ぎているため、コンシェルジュはおらず、エントランスホールはがらんとしていた。

多和田は少しばかり頬がこけたようだった。

「少しふっくらしたね」

「……多和田さんは痩せましたね」

「今の多和田は君だぜ？　多和田サン。そっか、多和田サンから見ると、僕は痩せたかぁ、いくらでも食べられるはずなんだけどね。せっかくの貧乏暮らしを楽しみたくてさ。そうなると、食欲まで抑え込んじゃうみたいなんだ。やっぱり貧乏ってのはいいね。この国は貧乏という尊い文化をもっと誇りに思わないといけないな」

「そんなに気に入ったのなら、その暮らし、あげますよ」

多和田は、何が楽しいのか笑い声を上げげた。あまりに大声で笑うので、三層吹き抜けのホールにこだましたくらいだった。

それから、多和田は口笛を吹いた。俺のアパートにある、静香がその昔くれたtofubeatsのアルバムの一曲《朝が来るまで終わる事の無いダンスを》だった。

「特別な音楽なんだろ?」

「忘れました」

「『静香のことばかり考えてしまう。今すぐ彼女を抱きしめたい』、これで少しは思い出せたか?」

「……人の日記を覗くのは、あんまりいい趣味とは言えません」

そのフレーズを聞くまで、自分に日記を書く習慣がかつてあったことすら忘れていた。それこそ引き出しに写真と一緒にしまったままここ数年開くこともなかったから。

「僕こそが、今は君なんだ。4443番であり、山下創一」

「山下創一になることまで許したおぼえはないですよ」

「何もわるいことじゃないだろ? 君は日記を触ってはいけないとは一言も言わなかった」

「日記の存在を忘れてたんです」

「あははは、まあそう怒らなくてもいいだろ? 君だって僕の恋人とよろしくやってる。それと同じことだ。僕だけ君のものに触るのを許されないってのはフェアじゃないよな?」

多和田の言うことは、まともとは言えないけれど、理屈は通っていた。だから、俺は何も反論しなかった。

それとも――はじめから俺を調査しようとして生活の交換を提案したのか？　何のために？　いくら何でも馬鹿げてるし無意味だ。

「君のカップで珈琲を飲み、君の服を着て配達に飛び出す。そして、君の趣味の音楽を聴き、君の思い出に耽る。あとやっていないのは、ご実家に遊びに行くことくらいかな。これはさすがにバレるだろうから、やらないけどね。面白くもなさそうだし」

「……何か話があったんじゃないんですか？」

「ないよ。自分の家に立ち寄るのに、理由が要るのか？」

「多和田さんの論法でいうなら、今は俺の家じゃないんですか？」

これは彼の気に入りそうなジョークだと思った。

案の定、多和田は大いに笑った。

エレベータがフロアに着いた。

僕が率先して降り、多和田を部屋へと案内した。それこそ自分の家に案内するみたいに。ウーマイーツの制服を着た多和田には、それだけの格差感があった。制服を着ているってだけで、恐れるに足らない存在であるかのように感じられた。

ドアを開け、先に多和田を通す。

「お邪魔しまーす」

大声で言いながら、多和田は中へと入った。

廊下を通るとき、一度玲良の部屋の前に止まり、わざとらしくノックをした。

玲良は、何も返事をしなかった。

多和田は気にせずリビングへと向かい、ソファに腰を下ろした。

「いい匂いだなぁ。夕飯は何だったんだ？」

「パスタを」

「宅配か？」

「手作りですよ。宅配で頼んでもパスタは美味しくないですから」

「おっと、これはこれは。君は料理の腕もあるのかぁ。こいつはいいな。お腹がすいた。多和田サン、僕もぜひ君の料理を食べたいもんだねー。いいかな？　こんなマインズのために作ってもらっても」

「いま準備します。あまりがあるので」

少々多めに作りすぎたから、パスタソースが残っていた。

俺はそれを手早く仕上げると、多和田の前に置いた。

「どうぞ」

多和田は、気持ちわるいくらいにご機嫌だった。そして、それこそが逆に彼の目的を見えづらくしていた。多和田は静香の写真を見つけ、俺の日記を読み、俺が心の中に隠し持っている秘密を知った。

今すぐ出て行けと言われる可能性もじゅうぶんにある。最悪なケースとしては、警察を呼び、不法侵入で訴えるってことも考えられた。あるいは、ヤクザに引き渡されて東京湾に沈められるか――。多和田なら何だってしかねない。自分を騙して近づいた俺を、この男は絶対に許さないだろう。

ところが、多和田は「いやあ、君がこんなに料理がうまいとは知らなかったなあ。これは絶品だよ」と料理を賞賛した。あたかも、どこかのレストランを訪れたみたいに。

それから、彼は言った。

「多和田サンはやっぱり職人だなぁ。どこまで行っても、人に給仕されるより、給仕するほうが似合う。いや、わるい意味じゃないんだ。生まれ持った気質というのはあるからね。これだけの才能があれば、何もしないで金を湯水のごとく使いまくる金持ちなんかはつまらないだろう」

俺は曖昧に笑った。会話の誘導に思えた。多和田は俺にここの暮らしが相応しくないことを匂わせているのに違いない。

「しかし、すっかり僕の服を着こなしてるじゃないですかぁ、多和田サーン。コーディネートもなかなかいいぞ。自分で考えたのか？　それとも、玲良のアドバイスかな？」

「……自分で考えました」

「なるほど。センスまで垢《あか》ぬけたわけか。たった十五日でね。まったく驚くべきことだよ。料理の腕も、生活力もあるうえに、金持ちの恰好が板につく、か。素晴らしいね。いいよ、その服は君にあげる」

「……ありがとうございます」

俺は次の展開を考えるのに疲れ始めていた。多和田が焦《じ》らしすぎているせいもあった。

多和田は俺の顔を見てふふんと笑った。

「すっかり、僕みたいな空気を纏ったね。おめでとう、君は僕になれたんだ」

「……あなたの服を着れば、誰だってなれますよ」

「謙遜することはないよ。君は僕が服を選ぶみたいに、丁寧に色合いを考えた。このテーブルクロスもいい趣味じゃないか？　そうか、さほど富裕層の暮らしには興味がなくて、仕方なく付き合っているように見えたけど、実際は違ったんだな。貪欲に楽しんでる。君は僕になんか憧れない人間だと思ったんだけどなぁ」

　表面の笑顔とは裏腹に、多和田が俺に心を閉ざしているのは、視線からわかった。多和田は、俺を信用しなくなっている。それが、日記を見たせいであろうことは明らかだった。

　そこへ、バスローブ姿の玲良が現れた。最悪のタイミングだった。

「おっと、これはこれは、おきれいな方が現れた。ずいぶんと穏やかな表情をしているね。機嫌もよさそうだ」

　多和田の絡みに、玲良は何も返さなかった。ただ椅子に座ると、煙草を取り出してくわえ、尋ねた。

「何しに来たの？　嫌味を言うためにわざわざ？　暇なマインズくんね」

「ふふ、君は相変わらずいけ好かない女だな。でもそこがよかった。高貴な猫みたいでね。だけど、今の君はどうだろうな、うわべばかりの気まぐれ猫を演じているが、すっかり庶民的な幸せに堕してる匂いがするぜ？　ありていにいえば――下品な顔つきになった」

　多和田と玲良の視線がぶつかる。玲良は、鼻で笑った。だけど、内心で微かにダメージを受けているのはわかる。その頬がぴくりと不自然な動きをしたから。

「ヨミくん。あなた今、ヨミくんを演じているわけでしょう？　まだゲームを楽しみたいんじゃないの？」

玲良はそう言ったが、多和田は聞こえていなかったとでも言うようににこにこと笑いながらパスタを食べ続けた。

「いやぁ、お腹いっぱいだ。多和田サンは本当に料理がうまい」

彼がフォークを置いたのは、それから五分ほど経ってからのことだった。至福に満ちた表情でこう宣言した。

「なに、心配しなくても、今日は帰るさ。君たちが仲良くやっていることを確認できてよかった。そうこなくっちゃね。ところで、多和田サン、君は大した奴だなぁ、まったく。一人の女をずいぶん長いこと愛し続けられるものなんだねぇ。そのために、僕の友情を受け入れ、ここの暮らしを手に入れた。実際、君はとてもうまくやったというべきだろうね。玲良に自分の話はしたのか？　君がどこから来たのか。なぜここにいるのか。ふふふ、まあ、いずれ知れるか」

今度は玲良のほうを向いた。

「玲良、昔の名前が懐かしくならないか？」

「……なに言ってんの？」

「誰にだって過去がある。君にも、この多和田サンにも。そして、そんな君たちがここで、この部屋で出会った。これは偶然じゃない。素晴らしいことだよ」

「酔ってるの？　クスリでもやってきたわけ？」

多和田は、まさか、と笑いながら立ち上がり、窓辺に立った。そして、俺たちに背を向けたまま言った。

「僕はただうれしいんだよ。多和田サンに運命の女と出逢《であ》わせてやれたことがね」

〈運命の女〉、それもまた俺がかつて日記に書いたフレーズだった。もちろん静香のことだ。多和田がここに俺が留まりたい理由を、すべて悟ってしまっているのはもはや間違いあるまい。こんなところで奴に尻尾をつかまれる自分の間抜けぶりを呪うしかなかった。

「フン……気持ち悪い……」

玲良が席を立ちかけると、それよりも早く多和田が振り返って言った。

「シャワーを借りるぜ、多和田サン」

「……どうぞ、ここはあなたの家だ」

「いいや、君の家さ、多和田サン」

多和田は悪戯《いたずら》を仕掛ける子どものようにニヤニヤ笑いながら、シャワールームに消えた。戸惑うことだらけだった。何しろ、彼の狙いが最後までわからなかったから。

俺を追い出しにきたわけではないのか。これは何らかのゲームのつもりなのか？　だとしたら、そのルールは何だ？　奴の狙いはどこにある？

2

多和田がシャワールームに入ってしまうと、玲良と目が合った。互いに考えていることはわかっていた。ここ数日、何度もセックスをしていることは、もはや隠しようがないし、そんなことは多和田も承知だろう。

問題は多和田の心境の変化だった。多和田は俺の部屋で、俺の秘密を知ってしまったのだ。なぜここでの暮らしに俺がこだわったのか。その秘密を。どう誤魔化しながら事態を説明するべきか。いっそ本当のことをすべて打ち明けるか？　いや——それはあり得ない。

「理由はわからないけど、多和田は気が変わったみたいね。それも、たぶんあまり良くない変わり方だと思う。あれは、単なる嫉妬じゃない。もっと、陰湿で根の深いところでの揺るがない決意みたいなものを感じる」

それは、俺が内心でずっと恐れてきたことだった。多和田はわざと上機嫌を装っている。やはり警察やヤクザを呼ぶつもりか。待て待て……よく考えろよ、と俺はつのる不安を制止する。警察に張られている多和田がそんなことをするはずはない。それよりも……。

「多和田は、たぶん殺す気よ」

そう、消去法でいくと、そこにたどり着く。ヤクザを嚙《か》ませるのは、やがては身を滅ぼすことになる。それくらいはわかるはず。警察は言わずもがな。となれば、とるべき戦略は一つ。

「……だけど、俺は多和田さんの言ったとおりに……」

「勘違いしないで。殺されるのは私。そして、あなたが犯人にされる」

「俺が、犯人に？」

「彼は宅配を届けにきただけのウーマイーツスタッフ。犯人はここの住人である〈多和田彗都〉としてのあなた」

「……さすがに考えすぎだと思うけどね」

「私は彼がどうやって資産管理してるかよく知らない。でも多和田彗都の口座以外に金を流すことができるとしたら？　たとえば、あなたの口座とか。もしかして口座番号を教えた？」

「口座番号どころか、暗証番号も……」

「ほらね。すべて計画通りよ」

「だけどそんな……」

「こっちへ来て。早く」

　玲良は俺を落ち着かせるように手を握り、リビングを出てトレーニングルームへと導いた。片隅にスチール製のデスクがある。その引き出しを、彼女は開けた。

　入っていたのは、全長十五センチあまりの小型拳銃だった。モデルガンか？　だが横にある実弾がその可能性を否定していた。

「これは一体……」

　手にとると、「気を付けて。引き金と撃鉄が自動連携してるダブルアクション機構のオートマチック拳銃だから。それに、もう実弾の入ったマガジンもセットされてる」と注意された。玲良は俺の手からそれを奪い取ると、マガジンを取り出して見せた。そこには黄金色の実弾が数発入っていた。彼女は慣れた仕草でマガジンを戻し、スライドを引いてから俺に手渡した。

「ね、私を殺す準備は万端整えてるの。多和田は、ずっとタイミングをうかがっていた。私がこれを見つけたのはずいぶん前よ。発見して以来、彼がいつ持ち出すか、毎日びくびくしていた」

「なぜ逃げなかった？」

「恐怖と愛情って、ある瞬間から見分けがつかなくなるものよ。わからないでしょうけど」

　わからないでしょうけど、という一言は卑怯だなと思った。わからないでしょうけど、と言われたら、どうしたって理解しようと努めてしまう。

「多和田が、ヨミくんと関係をもてと言ったとき、愛情を取り戻すためという理由を信じたい気持ちもあった。でももう半分では、これって殺す口実を作るためなんじゃないかって――」

「殺す口実……」

「だってそうでしょう？　恋人がべつの男と浮気をする。殺意がわくにはじゅうぶんじゃない？　コイツは汚い、要らない女だって思えば、殺すのに躊躇《ちゅうちょ》しないで済むから」

「……やっぱり考えすぎだよ……そんな……だって……」

「すべてがはっきりしてから納得する気？　私が殺されて、犯人として警察に捕まってから納得するの？」

「そうじゃないけど……」

俺は拳銃をじっと眺めた。

その時、シャワールームのドアが開く音がした。

引き出しを慌てて閉めた時には、すでにマインズの制服を着こんだ多和田の姿がドアの前にあった。

その時、玲良がぎゅっと強く俺のシャツの裾を握った。その手が、微かに震えているのがわかった。彼女は俺の思っている以上に、多和田を恐れているのだ。

「来るわ……」

俺は頷いた。安心させるつもりだったが、シャツを伝う彼女の震えはさっきよりもひどくなっていた。

シャワーですっかり血色のよくなった上機嫌の多和田の顔は、その分だけ狂気がプラスされて感じられた。

「おやおや、お二人ともこの部屋で何の相談かな？　それとも、部屋を変えて愛し合う予定でも？　あいにく、今日の僕は他人のセックスに興味はないけどね」

そう言った多和田の手には、ナイフが握られていた。百均で売ってそうな安物に見えたが、もちろん玩具《おもちゃ》ではなかろう。玲良がシャツを握る力が、いっそう強くなり、震えがよりはっきりと伝わった。

「さあ、これからちょっとしたショウを始めるよ。ある日、現れたウーマイーツスタッフが、タワマン暮らしの令嬢をレイプする。そういうショウだ。突然現れたマインズくんはナイフを手にしている。だから、この家の主である多和田サンは動くことができない。だろ？　さあ、リビングに来てくれ。せめてきれいな夜景の見える場所を選びたいだろ？」

俺たちは言われるがままにリビングへ移動した。

「こっちへ来て、その辺りに膝をついて座れよ、多和田サン」

多和田はニヤニヤ笑いながらそう言って俺にナイフの切っ先を向けた。彼が指示したのは、リビングの窓辺の観葉植物の隣だった。俺からやや離れた場所に、玲良も膝をついて座らされた。

それから、多和田はロープを持ってくると、玲良を縛り始めた。玲良は全身を震わせ、呼吸を荒くしていた。一切の言葉を発さなかったのは、覚悟が決まっているのではなく、恐怖のせいだろう。

俺は――背中にしまったものを取り出すタイミングを探っていた。さっき、引き出しを閉める際、拳銃を咄嗟にズボンの背に差し込んだ。これさえ隠してしまえば、多和田が犯行に及べないと思っての行動だった。

なのに、多和田はナイフを持っている。計画を変えてきたのか。たしかに通りすがりのウーマイーツスタッフが犯行に及ぶのなら、拳銃よりナイフのほうが似合ってもいるだろう。

多和田は玲良の口をガムテープで塞いだ。

「さて、この4443番は、ここからがショウタイムだと宣言する。彼は日頃の勤続疲労と、味気ない暮らしのツケをこの女に払わせようと考える。この、何の苦労も知らない暮らしをしている女にならば、何をしたっていい気がしている。そう考えている時にこそ、4443番は性的興奮を感じることができるんだ。4443番は、女の首にナイフを突き立てる」

多和田はナイフを玲良の頬に這わせた。単なる脅しでないことは、玲良の頬にすーっと傷ができたことでわかった。コイツは人の命なんて何とも思っていないんだ。

「恐怖に歪《ゆが》む女の表情が、政治の腐敗、長きにわたる不況、貧困とそれに追い打ちをかける増税問題を解決してくれる気がする。4443番は、女の苦悶にこそすべての解決策があると考える」

玲良の表情はたしかに恐怖に歪んでいた。そして、その目は、俺に向けられていた。彼女は震え、無言のまま助けを求めていた。

過去の記憶がよみがえる。

静香が——俺に言った言葉。

——自分は自分で救わないかんね。

言われた場面もはっきり覚えている。あの時と同じなのか。俺はまた同じ過ちを繰り返すのか？　結局俺はいつも——。

多和田は、ナイフで彼女のバスローブを引き裂いた。

玲良の皮膚には、鳥肌が立っていた。

多和田は玲良の胸にナイフを向けた。その切っ先が白い肌を貫けば、ゲーム終了となる。

だけど、なぜコイツは俺の手足を縛らない？

俺には多和田を止める自由があるってことなのか？

「やめてください、多和田さん」

「多和田は君だ！　僕は名もなき44443番だ。そして44443番は、今まさに世界をあらゆる苦悩から救い出そうとしている。君はそれを邪魔する気か？」

「こんなことは馬鹿げてます……」

「世界を救うことが馬鹿げている？」

「俺ならここから出て行きます。もう二度とここには足を踏み入れないと誓います。だから……」

「誰がそんなつまらない話をしろって言った？　おい、多和田サン、次に口を開いたら女のこめかみにこれを突き刺すぞ」

多和田は俺の足元を示した。

「そこから一歩でも進んだらアウトだ。君にはすべてを見届けてもらう。いいね？　そのために君を選んだんだから」

俺を選んだ？

あの日俺が招待されたのは、このためだっていうのか？

多和田はふたたび玲良に向き直ってその恐怖に震える表情を、さも愛おしそうに見つめた。

「そうそう、この表情がずっと見たかったんだ」

ニヤリと笑うと玲良を押し倒した。玲良がくぐもった悲鳴を上げても、気にしていないようだった。

「騒いでもここは防音性が抜群だから意味ないぜ？」

玲良の呼吸はさらに荒くなり、過呼吸を起こしかけていた。身の危険が、いよいよ予感から現実へとシフトしようとしている。

「多和田サン、よく見ておいてくれよ。これからこの雌豚は、この配達員4443番に汚される。汚されて、汚された後で心臓を一突きされる。多和田サン、君にはその一部始終をなすすべもなく見学してもらうよ」

玲良を押さえつけている多和田は、俺が移動し始めているのに気づかなかった。

俺は背中の拳銃を取り出し、少しずつ距離を縮めた。対象から的を外さないだけの近さまで移動する必要がある。なにしろ、俺は素人だから。

多和田がこちらを向いたのと、俺が発砲したのはほとんど同時だった。鼓膜がつんざかれ、音が一瞬で遠くへ去っていった。

3

発砲してから、初めて自分が何をしたのかに気づいた。

弾は狙った軌道を逸れ、多和田の首に当たったようだ。

夢中で取った行動。すべて自分で選びとったことなのに、俺はそんな自分の行動にひどく戸惑った。

なんてことをしてしまったんだ……。

多和田の目は何が起きたのかわからないといったふうに見開かれていた。首から血が噴き出ていることを確かめたのと、力なく床に倒れたのはほぼ同時だった。

多和田は、血を吐き、その血でむせて苦しんでいた。そのもがき方は人間のそれとは信じがたいほどにグロテスクだった。

だが、それもやがて少しずつ弱まり、最後には虫の息になった。

多和田が、俺に笑いかけた。信じがたいことだが、多和田は笑っていた。

「ありがとう……」

耳を疑った。銃声で音が遠ざかっていたせいもあるけど、そうじゃない。この場で発せられる言葉として、あまりに不適切な気がしたからだ。

「……どういうことですか?」

俺は冷静にそう問いかけた。でも、それに対する返事はなかった。多和田は、ただ俺に微笑みかけると、そのまま動かなくなった。

静かな混乱が残った。

ありがとう?

なぜだ? なぜ多和田は、俺にそんなことを言う?

# 第五章　執着と幸福の間で

## 1

死体は、玲良の寝室の巨大冷凍庫にしまうことになった。

提案したのは、玲良だった。それは、提案というにはいささか強制力が強かった。玲良はこう言った。

「それ以外に方法はない」

「なぜ？　警察に……」

言いながら、自分にその気がないのはわかっていた。

「それはない」

その玲良の回答に、少しばかり安堵《あんど》してすらいた。彼女は、冷凍庫から取り出したハーゲンダッツの箱から、ラムレーズンを俺に渡してきた。頭を冷やせってことなのか、冷凍庫を空にするのに協力しろってことなのか。

俺が拒絶すると、玲良は座ってそれを食べ始めた。

「だけど……人を殺してしまった」

「重く考えすぎじゃない？　正当防衛じゃん」

「俺はべつに攻撃を加えられてない」

「私を守るための行動でしょ？」

「ほかにも手はあった。たぶん警察はそう主張するし、正当防衛は通じないと思う」

「だから隠すんでしょ？」

それに対して、俺は何も言えなかった。自首をしようなんて、軽々しく口にするには、失うものが大きすぎた。

「いい？　あなたは多和田彗都なの。名もなき4443番じゃない。名もなき4443番を殺した富豪なの」

「俺は多和田彗都じゃないよ」

「いいえ、あなたが多和田彗都」

「……わかった、俺が4443番でも、多和田彗都でも、それはどっちでもいい。だけど、どんな人間でも人を殺してしまったら、その罪から逃れることはできない」

「いいえ。世の中を見ればわかるでしょ？　芸能人のスキャンダル一つとってもそう。末端にいる芸能人はちょっとした不祥事で仕事をなくすけど、権力者はそうじゃない」

「でも殺人までは揉み消せない」

「なぜそう言い切れるの？　私たちは揉み消された殺人なんて知りもしないのに」

詭弁《きべん》だ、と思った。だけど、同時に玲良の意志が固いこともわかった。惑わされるな。彼女の言うことなんか放《ほ》っとけ。少なくとも、警察に出頭し、刑法に従うのが「ふつう」ってもんだろうが。

だけど――この時の俺は優先順位を間違えた。意図的に間違えた。玲良の言うことを、最優先させるべきだと思ってしまった。これ以上の後悔を抱えないためにも、そうするべきだ、と。

「あなた馬鹿なんだから、ぜんぶ私に任せればいいのよ」

たしかに俺は馬鹿だ。ふだんから主体性はないし、周囲の意見に流されやすい。

でも、それとこれとは違う。

違う……はずだったのだが……。

「でも、冷凍庫ってのはどうかな……」

「ただの冷凍庫じゃない。業務用冷凍庫」

「うん。だけど、死体がずっとあるなんて気持ち悪い」

「死体を出さなければ、誰も気づかない。いちばん合理的よ」

いつの間にか死体の隠し方に話はシフトしていた。俺は何だかんだ言いながら、この時、玲良に自分の人生の手綱を任せた。ぜんぶ任せればいいと言うなら、そうしてもいい気がしたのだ。

「ほかに方法があるんじゃないのかな……山に捨てるとか……」

「このタワマンは監視カメラだらけよ。どうやって死体を運び出すの？」

俺の脳裏には物理的に可能ないくつかの方法が浮かんでいた。たとえば、死体を細かく裁断して外に持ち出すのなら監視カメラに映っても問題はないかもしれない。あるいは、キッチンのディスポーザーで少しずつ処理したり、トイレに流したりといった手口もないわけではない。

ただし、そういった方法をとるには心を無にして、死体を単なる肉のブロックだと思い込む必要がある。それだけの精神的な忍耐力や覚悟が自分にあるとは、到底思えなかった。第一、考えただけでも胃がムカついて吐き気を催しそうだ。

「だけど……冷凍庫にしまっておけば、いつかはバレる」

「引っ越さないで死ぬまでここにいればいいだけの話よ」

そんな簡単なことなのだろうか？

訝っている俺を説得するように、その後も玲良は続けた。

「多和田は、ここに越してから一度も外出をしたことがない。ビジネスで人と会うこともない。このリビングに足を踏み入れたことがあるのは、ショウのために呼びつけた三流芸能人や職人たちだけ。それも二度呼ばれた者はゼロ。多和田がどういう人物か知る者はほとんどいない。ね？これで、多和田の死がバレる可能性があると思う？　ほとんど完全に外界との付き合いを断っている男なのよ？」

その目は懇願するようでもあった。

そして――。

彼女の膝が震えているのを見た時、俺は観念した。

「わかった。死体を運ぼう」

これは賭けだ。どのみち、人生はすべて正しいことばかりで出来ているわけでもなく、正しいことをした結果がいい未来につながるわけでもない。

死体を運ぶのには、それほど時間はかからなかった。まず、血がある程度止まるのを待ち、ゴム手袋をつけてから服を脱がせた。次に死体に45リットルの半透明ポリ袋を頭からと足のほうからかぶせた。さらにもう一枚、ポリ袋の底をハサミで裂いて死体の真ん中に巻き、三つのポリ袋のつなぎ目をガムテープでしっかり固定した。

それから脚を持って運んだ。移動は俺一人でやった。ポリ袋は摩擦を和らげるから、床を引きずる分にはさほど力は要らない。

ただ、冷凍庫に入れるためには、死体を持ち上げなければならなかった。そのときはさすがに玲良にも手伝ってもらった。彼女は多和田を抱き起こすとき、悲鳴に近い声を上げた。たぶん怖かったんだろう。俺が感じる以上に複雑な恐怖だったかもしれない。

最後に多和田って存在の質量を感じることになって、それに耐えられなくなったのか、玲良は冷凍庫に入ったのを確認すらせずに洗面所へ駆け込んでいった。

俺は一人黙々と死体を収納した。冷凍庫の中は恐怖も罪悪感も麻痺させるにじゅうぶんなほど冷えていた。ポリ袋の中で、多和田の目が開いて、俺を見ている気がした。

「悪いけど、これからもずっと俺が多和田彗都ですよ」

そう言ってやった時、いつかの会話がフラッシュバックした。

――とにかく、そう、『リプリー』みたいなもんだ。

――あれは犯罪小説ですよ。それに、トム・リプリーは――。

――ディッキーを殺した？　そこまで真似てくれとは言ってない。

結局、リプリーと同じだ。トム・リプリーは、ディッキー・グリーンリーフを殺して、ディッキーになりすまして生きる。まったく同じじゃないか。

その先はどうなる？　たしか、原作のトム・リプリーものはシリーズ化されてる。あんなふうに悪の道を突き進むしかないんだろうか？

死体の多和田は、まるで俺のそんな逡巡を嘲笑《あざわら》ってるみたいに間抜けな面《つら》で見てきた。

なあ、なんで最後ありがとうなんて言ったんだ？

もちろん、そんなことを問いかけても死体は答えない。

俺はさらに黒色のポリ袋をキッチンで探して、それを頭部に被《かぶ》せた。多和田の視線がようやく消えた。

それから、ネットでいくつか肉のブロックを注文した。早いところ、冷凍庫をべつの肉で埋めつくしてしまいたかった。視界から消えてしまえば、もうあの死体を見なくて済む。

俺は早くも罪悪感から逃げようとしていた。俺は玲良に従って罪と向き合うことに背を向けた。とにかく死体のことを忘れ去ってしまうことが大切だったのだ。

忘却は、人を強くする。少しでも、多和田の幻影を忘れ去る必要があった。呪いは自分の内側から生まれてくる。だから、呪いから逃れるには、忘れてしまうしかない。

それに――そう、これからは俺こそが多和田彗都なんだから。

2

いい変化が一つあった。玲良が明るく朗らかになったことだ。以前のようにあまり夜に外出しなくなり、ときには俺のために夕食を作ろうとさえした。そういう時、彼女はまるで昔馴染みの恋人のように振る舞った。

それと引き換えに、俺のほうは時折重苦しい空気に囚《とら》われた。呪いだ。あの引き金を引いた瞬間の多和田の目が、突如としてよみがえることがあった。

ここにいる以上、そこかしこに多和田の気配を感じてしまう。あらゆる調度品が多和田のセンスで選ばれた品なんだから。

「家具を新調してもいいかな？　できれば、すべて廃棄して」

「冷凍庫まで、とか言い出すんじゃないでしょうね？」

「それ以外のすべて」

「ならいいよ。あなたのいいようにして」

玲良は読み途中のドストエフスキー『二重人格』に目を落としたままそう答え、俺の頬を撫《な》でた。

「かわいそうな人。まだ、あの男を殺した罪の意識に囚われてるの？」

「罪の意識ってほど上等なもんじゃない。ただ、まるで——いや、何でもない」

俺はその言葉を飲み込んだ。そんなことは言うべきじゃない気がしたからだ。でも、もう手遅れだった。

「まるで、亡霊のように？」

玲良が代わりに言語化してしまった。一度言葉にしたら、もう取り返しがつかないのに。

俺はまずい食事を振る舞われた外国人みたいに曖昧に笑った。彼女も過ちに気づいたのか、読みかけの本を閉じると、気を取り直すように言った。

「気休めになるかわからないけど、私たちの――多和田と私の秘密を教えるよ」

「いいよ、そんな話は」

「聞いといたほうがいいと思う。あなたにはその資格がある」

「そうかな……俺にはどんな資格もない気がするけど」

玲良はおかしそうに笑ってメゾン・ルロワのヴォーヌ・ロマネを飲んだ。俺にも同じ酒を注いでから、彼女は続けた。

「あなたが多和田彗都だと思ってた男、じつは、本物じゃないのよ」

「……え？」

我が耳を疑った。一体この女は何を言っているのだ？

俺は前のめりになった。思わず、グラスを落としそうになったくらいだ。

「どういう意味？」

「そのままの意味。彼は多和田彗都じゃない。本名は崔瑕俊《サイハジュン》。韓国人よ。崔瑕俊は十代の頃に韓国で殺人を犯して、日本に逃げてきた。本人曰《いわ》く正当防衛だけど、殺したのが工場の上司だから誰も信じないって。そのとき、彼を匿《かくま》って、日本語から教育全般までを叩きこんだのが多和田って男だったの。歳は四十くらいかな。いい男だったね。落ち着きがあって、少し枯れた雰囲気が色っぽい」

彼女はそこで一息つくと、ヴォーヌ・ロマネをまた注いだ。彼女は水を飲むよりもカジュアルにワインを飲む。何十万とする酒だって、それ以上に価値のある自分の血や肉にするのだからどうでもいいと言いたげだった。

「で、崔暇俊はその本物の多和田さん……リアル多和田さんをどうしたの？　ひょっとして、殺したの？」

「まさか。リアル多和田さんには、自殺願望があったの。そして、財産を残してやるから、自殺したら自分の死体をどこかに遺棄してくれって崔暇俊に頼んだわけ」

「そんなおとぎ話を信じろと？」

「信じるしかないんじゃない？」

玲良は首をすくめてみせた。

「なぜそんな話を君は知ってるの？」

「私はそのリアル多和田さんの愛人だったから」

3

不意に――後妻業という言葉が浮かんだ。はじめから遺産目当てで玲良はリアル多和田に近づき、その代理となりそうな崔暇俊が用意できた途端に、リアル多和田をお払い箱にすべく崔暇俊に殺させたのではないのか。

俺は玲良の目をじっと見た。

「何と言っても嘘くさい話よね。でも、嘘ならそもそもこんな話を打ち明けなきゃいいだけだと思わない？」

「まあ、たしかに……」

「あとは、あなたが自分のそのお馬鹿な頭で判断すればいいよ」

玲良はシニカルな笑みを浮かべて、またワインを飲み、ふたたび『二重人格』のしおりを挟んだ頁《ページ》を広げて読み始めた。

俺は酔いを醒ますべく、バルコニーに出て〈フォール〉を装着した。途端に俺は都会の空を舞う孤独な旅人となった。今夜も向かいのタワマンでは、カーテンもなく人目を気にせず生きる上層階の人々が、各々の暮らしを謳歌していた。それを眺め、俺の心は安寧を取り戻す。

不意にまた過去がよみがえってくる。

あれは、静香が学校に来なくなった頃のことだった。原因は、いじめではなかった。家の借金があって夜逃げしたのだ。

夜逃げの噂は、瞬く間に学校中に広まった。

だけど、俺はその噂にある意味で救われ、ある意味では心を引き裂かれた。なんで止められなかったんだ馬鹿野郎って、自分を何度も罵倒した。それというのも、彼女がいなくなる前日、俺は彼女に会っていたから。

その日、俺は帰り道にあるたい焼き屋〈きりこ〉に立ち寄っていた。静香が週の終わりに〈きりこ〉でたい焼きの白餡《しろあん》を買って食べることを知っていたから。

静香が自転車でやってくる姿が遠くに見えると、俺はおばちゃんに白餡を一つ追加で頼んだ。到着した彼女が自転車を降りたのを見計らって、それを渡した。

寒い冬空だった。

静香の吐く息の白ささえ、何か尊いものに見えた。

――ありがとう。

あまりに素直に喜びを表現されて、戸惑った。彼女はふだんは感情を表に出さないタイプだったから。でも、その日の静香はよくしゃべり、よく食べ、よく笑った。何かさまざまな呪縛から解き放たれているようにも見えた。

――今日の静香は、暖簾《のれん》を下ろしとらんのやなぁ。

――なに、それ。変なの。

静香は笑った。それから、唐突にこう言ってきたのだった。

――ねえ、うちと、駆け落ちせん？

――え？　は？　いやいや……。

しばし俺は考えた。冗談なのか、本気なのか。静香の表情からはうかがい知れなかった。ふつうなら、付き合ってほしいとか、彼氏になってとかそういう告白のはず。だが、彼女はそれを通り越して駆け落ちと言った。高校生のくせに。

俺は、笑った。冗談と断定したわけでもなく、しかし「笑う」という行為を選び取った。続けてこう言った。

――駆け落ちは楽しそうやけど、俺はいまの自分の家がけっこう気に入っとるけんなぁ。俺の部屋も駆け落ちに連れていけるか？

ユーモアで切り抜けようというのが、そもそも姑息《こそく》だった。彼女はおそらくそれを逃げと取った。取ったもなにも、確実に俺の返答は逃げだったのだから仕方がない。

――だよね。忘れて。自分は自分で救わないかんね。君は自分の部屋を大切にして。

それを最後に、彼女はまた自転車に乗り、「またね」と手を振った。

またね——それきり、彼女は消えてしまった。

あの時、〈駆け落ち〉に同意していれば、あんなユーモアで逃げなければ、どうなっていたのだろう？　俺は彼女を連れて町を出ることができただろうか。あの頃は大学までは出なければ、と頑《かたく》なに思い込んでいた。受験も何もかもすっ飛ばして、好きな子と駆け落ちする未来を描くことは難しかった。

でも結局、俺が大学でしたことは軽音サークルでたまにうまくもないボーカルをやり、高校時代に映画や小説に充てていた時間を酒とゲームに費やしただけだった。

その挙句、大学四年まで進んだ人間が、就職もせずに選んだのが〈ウーマイーツ〉の配達スタッフなら、あの時駆け落ちしていたってよかったのではないか。きっとそれでも〈ウーマイーツ〉の配達スタッフって未来にはたどり着けた。

あの時、俺は静香の言葉に向き合えなかった。

今は——どうなんだろう？

〈玲良〉と名乗る女の言葉に、真摯に向き合っているだろうか？　客観的現実は、視界の外に追いやるべきかもしれない。多和田として、愛する存在の言葉に、まっすぐに向き合う。

俺はゴーグルを外し、リビングへと戻った。

真実がどこにあるかなんてどうでもいい。まずは、玲良が俺に伝えた内容を受け止めよう。そう考えながら。

4

「わかった。とにかく、リアル多和田さんは自殺願望があり、崔娛俊はその死体を遺棄する役割を担った。そのときに玲良は、たまたまリアル多和田さんの愛人で、彼の死後に崔娛俊と恋愛関係になった――ということだね？」

「確認の仕方が嫌味っぽい。不信感が透けてみえる」

玲良は本から視線を上げぬままそう言った。

「そんなことないよ。そのとおりのことが起こったと思ってる。というか、そう思う以外にはないよね」

フン、と玲良は鼻で笑った。

俺はまだ彼女の信頼を勝ち得ていないし、信頼を勝ち得るにじゅうぶんなほど、彼女を信じることもできていない。〈多和田〉として〈玲良〉を愛するレッスンを、本来の自我に阻まれる感じ――それを読まれているのだろう。

だけど、玲良はそのまま立ち去ったりはしなかった。きりのいい頁にきたのか、ふたたびしおりを挟んで本を閉じると、俺を見た。

「リアル多和田――私は彼をタワちゃんて呼んでたけど――との出会いについて話すわ。たぶん、その必要があると思うから。私がなぜ〈玲良〉という名前を名乗り始めたのかは話したことがあった？」

「いや、たぶんないと思う」

「うちの家族ね、父親の会社が倒産して多額の借金を抱えて、家賃も払えなくなって夜逃げしたの。東京に出てくれば何とかなるっていうのが、父の口癖だった。父の大学時代の友人を頼って、その人が経営しているタクシー会社の運転手の仕事をもらった。でも薄給で、とても家族を養えるレベルではなかった。それを気に病んで父は酒を飲み、母は父の薄給を補うためにクラブで働くようになって、結果的に性格が変わってしまった。人って環境に左右される生き物だから」

「それは、さもありなんだね」

俺でさえも、ここで暮らしているうちに、不思議と余裕が生まれ、落ち着きと優しさとが生まれていることに驚いた。経済力は、本来の自分に立ち戻るきっかけにもなれば、本来の自分を見失うきっかけにもなる。

「夫婦喧嘩も日に日に増えていった。父はだんだん被害妄想に駆られていったし、母は母でクラブにくる裕福な客と父を比べるようになっていた。そういうのが、会話の端々に出てくることがあって、だんだん私は耐えられなくなった。それで、私は親を捨てて家を出たの。まあ家といっても、六畳一間の社宅だったんだけど。

その前から、私は家の近所の喫茶店でバイトをしていたの。本当はもっと稼ぎのいいところがよかったけど、父も母も私に危ない思いはさせられないと考えていて、夜のバイトは禁止だった。笑っちゃうよね。あれだけ生活が苦しいのに、子どもだけは鳥籠に入れておきたいなんてさ」

「親なんてそんなものかも。それで、家を出てからどうしたの？」

「どこから親につながるかわからないから、バイト先の店長や同僚にも誰にも告げず辞めるしかなかった。持って出たのは五万円の所持金だけ。これだって学費とか生活費に持っていかれちゃって、こっそり貯金するのに一年かかったんだから。

そのお金で私は渋谷で買い物をしたの。十九歳で、私は生まれて初めて自分で自分の服を買う喜びを知った。もちろん、手元にお金はほとんど残らなかった。でも、いまどきの若い子の装いを手に入れた。

それから、青山《あおやま》で金持ちが多く出入りしているという噂のバーに入った。前にバイト先の同僚の子が、そこは出会いを求める客が集まるって言ってたの」

「そんな場所があるんだね……俺には縁がなさすぎる話だ」

俺が今まで〈ネイティブダンサー号〉で通過してきた景色の中には、実際にはさまざまな欲望が渦巻いているのだろう。それらの渦に呑まれるのが幸せか、渦とも知らずに通過するマインズが幸せか。

「私だってそれまでは縁がなかったし、その後もない。行ったのはその時の一度きり。そこで、タワちゃんに出会ったの」

タワちゃん――そう呼ぶとき、彼女は何となく心細い少女に戻ったような気配があった。その頃の感覚を思い出すのかもしれない。

「夜の十時まで、カクテル一杯で粘った。店の人がかなり怪しんでいて、お金は足りるはずだったけど、しょうじき内心はドキドキしてた。その時、品のいい紳士が現れた。〈こんな時間に君みたいな子がたった一人で飲んでるのは、何か事情があるのかな？〉、さりげない尋ね方だったけど、どんな口説き文句よりも自然で、私には効果的だった」

そう話す玲良の顔には、そのときの喜びがありありと浮かんで見えた。

「タワちゃんは〈ただの暇人〉と名乗った。〈もし今夜泊まる場所がないなら、うちに来なさい。このあともこの席には君を誘いたい男が来る。彼らも同じことを言うだろう。でも一つだけ彼らには実現できなくて私に実現できることがある〉、それは何？　と問い返したら、彼はこう答えた。〈海よりも穏やかな眠りだ〉と。比喩なのかと思った。でも、そうじゃないの。続けて彼はこう言ったわ。〈私はね、セックスにはもう飽きてるんだ〉。実際、彼はとても淡泊な人間だった。性的指向としては、女性が好きだったはずだけど、彼は私のことを見ているだけで満足する、と言ってくれた。

　そして翌朝、優雅な朝食を食べきれないくらい用意してくれて、その最中に〈愛人にならないか〉と提案してきたの。〈君にないものをほとんど与えられるし、君が誰を好いても、私はそれを止めたり、咎《とが》めたりすることはない。それは君の自由だ〉。断る理由はないよね。何より、私はタワちゃんともっと話したいと思った。私にとっては、今まで会ったことがないくらい落ち着きを兼ね備えたオトナな男性だったの。そして彼は私に〈玲良〉という新しい名前を与えた」

「その暮らしは、楽しかった？」

「もちろん。いやなことはほとんどなかった。私は何でも買うことが許されていたし、いつでもどこでも外出することができた。でも、私が求めていたのは――」

「愛情？」

「それはない。愛されるのはうれしかったけど。ただ、愛されてるのに身体を求められないことが、なんか、モヤモヤしたのね」

「モヤモヤ？」

「残された可能性って言えばいい？　彼には通常の人間にあるような当たり前の欲望がなかった。性欲にかぎらず、お金とか、名声とか、そういったものへの欲求がまったくない感じ。湯水のようにお金を使いすぎたせいだろうって本人は言っていた」

しばらくの間、玲良はタワちゃんとの日々を瞼の裏に描くかのように、固く目を閉じていた。

やがて——目を開けると、玲良は続けた。

「でも、とにかくタワちゃんと暮らすことで、一つだけ証明されたことがある。それは、金さえあれば幸せは手に入るってことよ。私はそれを確かめたくて、あの日青山にいたわけだし、タワちゃんは実際にそれを叶《かな》えてくれた。そのことに感謝していた」

「感謝していい、いた——？」

「そう。ある時から、急にタワちゃんは私に若い男をあてがうようになった。どこからともなく、きれいな顔の青年を連れてきて、茶話会が始まる。最初は、タワちゃんの客だからと思って丁重に扱うんだけど、そのうちタワちゃんが欠伸《あくび》をしながら自室へ引き揚げて、その青年が何やら私に気安く触ってくる。もちろん拒絶したけどね。でもまたちがう日にはべつの青年が同じことをしに現れて」

「つまり——リアル多和田さんが命じていたってこと？　何のために？」

「たぶん、死期を感じ取ってたんでしょ。それで、私がほかの男を愛せるように仕向けていた。そんなことをしたって人の感情は操れるものじゃないのにね」

「それじゃあ、崔嘏俊は……」

「二十三人目に紹介された青年が、崔瑕俊だった。彼を紹介するとき、ひときわタワちゃんがうれしそうだったのを覚えてる。君に相応しい、申し分ない青年がいたよって。バーかどこかで釣ってきたのでしょうね。みすぼらしい恰好をした青年だった。少し挙動不審で、けれど、野心を目に宿していた。何よりタワちゃんに似た空気があった。何と言えばいいか、タワちゃんがあと二十歳若ければ、こんな風なのかなって感じね。たぶんそんなところが気に入って連れてきたんだと思う」

「過去の自分に似てる男をあてがってうれしいのかな？」

「自己投影は一種の麻薬だよ。それが人生の目的になっていく。主体が自分ではなく、その類似品になっていく。アバターみたいなもんよ。とにかくね、タワちゃんは瑕俊に自分の仕事を覚え込ませていった。身だしなみ、マナー、それから政治や経済の基礎知識まで。まるで、みずから影武者を作りだそうとしてるみたいだったね」

「瑕俊は、そのことに気づいていたの？」

「さすがに、資産運用と管理全般を任されるようになったあたりからは、悟っていたようね」

崔瑕俊は〈エニア〉の運営を、多和田から直接引き継いだということか。そして、どういうつもりか、崔瑕俊はそれを俺に引き継がせた。

「いつから、君は崔瑕俊と恋仲に？」

この質問に、彼女が本当のことを言うとは思えなかった。そんなことを俺に話しても、彼女は得をしないからだ。

「そう見えていたの？　あなたってとことん馬鹿ね。あの男がタワちゃんの死後、常軌を逸した本性を発揮するようになって、私は彼の言いなりになるしかなかっただけ。一ミリも惚れてなんかいない。だから、ヨミくんとセックスをしろって言われた時はむしろ救われたと思った。やっとこの男から解放されるんだってね。その後の交換生活も大歓迎」

「そうだったのか……」

俺は何もわかっていなかったようだ。もっとも、俺が人の心を読めないのは、今に始まったことじゃない。その鈍感ぶりが今も健在だっていうのが証明されただけのことだ。

「私が悲しいのは、タワちゃんが暇俊を多和田彗都とする過程で満足感に酔いしれ、私への愛を忘れてしまったことね。私はたしかにタワちゃんを愛してなかったけど、愛される喜びと経済力があればほかに何も要らなかった。永遠に彼のそばにいようと決めてたのに」

この時、俺の脳裏にはまた、在りし日の光景が浮かんでいた。

——あの子、毎日同じブラウス着とる。きったなーい。

クラスの美彩江《みさえ》がそんなことを言って笑った。笑われたのは、静香だった。彼女が替えのブラウスを持っていなくて、毎日同じものを着ていることを、周囲の子たちは陰で笑っていた。

静香はきっと夜逃げをしたとき、心のどこかでホッとしたんじゃないだろうか。もう笑われずに済む、もうあの制服を着ないでいいんだ、と。

そして、二度とこんな暮らしはしたくない、金持ちになろう、そう思ったのに違いない。それが、静香の現在の暮らしにつながっているのがわかる。

それは、恐らく執念だろう。

やめろ——もう過去は過去だ。目の前の現実にこそ向き合うべきだ。今ここにいる女は過去の名前を捨てて、玲良となった。ここが俺のために用意された世界ならば、現在の、ありのままの玲良を愛していこう。それこそが、俺に与えられた使命かもしれない。

「私が本を読むのは、幸福になるためよ。今まで男たちが与えてくれなかったものを、本は与えてくれる。矛盾するようだけど、私はお金をいくらでも使う。でもそれはお金が行動に伴う概念だから。だから私はタワちゃんや崔瑕俊がどうやって金儲《かねもう》けしていたのか、まるで興味がないの。概念のことを考えるほど暇じゃないから。そんなことをするくらいなら、もっと本を読む」

「素敵なライフスタイルだと思う。俺は君が好きだよ。リアル多和田さんや崔瑕俊とは違って、一生君を守りぬく〈多和田彗都〉として生きる」

だけど、俺の決意に玲良は寂しげに笑うだけだった。

「ふふ、あなたの言葉が本当ならいいけどね」

そう言うと、彼女はまたみずからを幸福に導くために、本の世界へと舞い戻っていった。

# 第六章　俺が望む場所だから

## 1

正式に――というのも変だが、俺が多和田彗都になって数日が過ぎた。家具はほぼ全部買い替えた。お陰で、家具のブランド名にはわりと詳しくなった。服は、玲良が俺に似合うと判断したものに関しては残した。崔暇俊はブランドをロロ・ピアーナで統一していた。いずれのカットもフォルムも色合いも俺にぴったりのものばかりだった。そうでなくても、一枚十数万するシャツを燃えるゴミの日に捨てる勇気は、俺には結局なかった。玲良が無理やり捨てた数枚を除けば、多くが生き残った。

それと、腕時計も。崔暇俊の数少ない趣味が腕時計蒐集《しゅうしゅう》だったらしい。ジャケ・ドローやローラン・フェリエ、ブランパン、フランク・ミュラーを愛好していたようだ。どれも素晴らしい性能とデザインだったが、俺はジャケ・ドローの《バード・リピーター》を偏愛した。オートマタとしてすでに芸術の域にある。これを身につけているだけで、自分がオートマタの一部になれたような気にすらなった。実際、多和田彗都としての暮らしは、自動人形《オートマタ》にでもなったみたいに、自分の生活という感覚が薄かった。

〈六本木ハイエストタワー〉は、しょうじきなところ、決して住みやすいマンションではなかった。とくに、そこから一歩も出られない人間にとっては。俺は崔瑕俊の言いつけを忠実に守り続けていた。彼がそう言った理由はわからぬものの、今となっては警察に嗅ぎつけられることは二重三重に自殺行為に思えた。怖かった。と同時に、閉じこもっていることで、見えないロープでちょっとずつ首を絞められるような圧迫感を覚えもした。

「べつに瑕俊が外に出なかったのは、奴が変人だからじゃないの」

ある日、一歩も外に出られないストレスを口にすると、玲良がそう言った。

「それじゃあどうして？」

「タワちゃんが作った匿名コインは闇ルートで活用されている。警察がいま躍起になって撲滅しようとしてるの。それによって私腹を肥やす組織を敵対視するべつの組織の目もある。狙っているのは、警察だけじゃないってことね」

崔瑕俊がここから出て、俺のアパートで暮らしてみたいと申し出た理由がわかる気がした。アイツは鳥籠で一生を終えるのが嫌だったのだろう。

それなのに——崔瑕俊は結局舞い戻った。

玲良を殺すために？　たしかにあの時、崔瑕俊は玲良を縛り、ナイフを突きつけた。

だが——あの気分屋に関しては、「だから殺そうとした」とは断言できないところがある。奴はあの時、俺を試したんじゃないだろうか？　それに——。

——ありがとう……。

あれは何だったんだ？

「そんなにこの家が嫌？　遊びに行きたい？」

玲良が心配そうに覗き込んだので、俺はかぶりを振り、彼女を安心させるべく抱き寄せた。

「大丈夫。ちょっとナーバスになってただけさ。君がいれば、何の問題もないよ」

実際はじめのうち、玲良との暮らしは非常に幸せだった。彼女はかつてのような夜遊びは完全にやめて、俺と室内でいろんな遊びをして楽しんだ。

チェロの世界的な奏者を招いてバッハの《無伴奏チェロ組曲第一番》の演奏を聴きながらチェス、バックギャモン、モノポリーを楽しんだりもした。

シーリングライトのプロジェクタ機能で壁一面をスクリーンにして一日オードリー・ヘプバーンの映画を観て過ごしたり、タワマンの屋上にヘリをチャーターして空の上でシャンパンを開けたりもした。でも結局いちばんの娯楽は、読書とセックスと〈フォール〉だった。

崔瑕俊がやっていたような落ちぶれた芸能人を使ったプロレスみたいな真似はしなかった。そうまでして刺激を求めなくても、好きな本を読み、日に数度のセックスがあれば問題はなかった。

玲良の胸の谷間に耳をくっつけ、彼女の心臓の音を聴いているのが好きだった。それはとても小さな心臓の音だった。この音が、生まれた町や家族から逃げ、必死に生きてきた音なんだと思うと、何とも言えず尊いものにも思えた。

「君の鼓動は、聖書に似ている」

「あなたの髭《ひげ》のちくちくは税金に似ているね」

それから、二人で笑い出すのが、その頃の俺たちのいつもの流れだった。

財産管理は毎日欠かさず行なった。

資産は、数百万単位とはいえ、日々増え続けていた。それを見ていると、せっせと消費をしなければ、というよくわからない使命感のようなものにさえ駆られた。

玲良の目下の趣味は、アクセサリー蒐集だった。とくにヴァン・クリーフ&アーペルのアルハンブラシリーズを集めるために、彼女は日々ネットを漁り、気軽に購入ボタンを押した。

たとえそれが贋作《がんさく》であっても、あまり玲良は気にしないらしかった。そういうところは、崔俊と似ているとも言えた。一つ数百万円はするそのアクセサリーも、この家にやってくると、膨大なコレクションの一つになる。玲良はこう言った。

「豪遊っていう感覚は忘れてね。これは無を有に換えてるだけ。お金なんて紙切れとよく昔から言うけど、仮想通貨は紙切れですらない。もはやそれは概念なの」

少し酔うと、この玲良のお決まりのフレーズが飛び出す。

「そう、生も死も、概念よね。で、概念には触れることができない。それを形に換える。それが生きている私たちにできることだから」

そんなふうに言いながら、彼女は気軽に購入ボタンを押す。そのうち、俺もそれを真似て大きな買い物をするようになっていった。免許は持っていないし、そうでなくても外出予定はないから、車は買わなかった。だが、もっと大きなものを買った。

マンション、駐車場、果ては競争馬の馬主になる、といったことまで、さまざまな方法でお金を使った。それでも預金残高の桁数を減らすことさえできなかった。そうこうするうちに、消費はただの指一本の行為になり、それがどれほど大きなことなのかについては考えないようになっていった。

消費の仕方に頭を使うのは、きっと金を持たぬ者のやることなのだろう。

ただ、概念をせっせと形に換えるだけ。

たしかに玲良の言うとおりだった。

そんなふうにして七月が終わり、一生忘れることのない八月を迎えようとしていた。もちろん、この時の俺にはそんなことはわかるわけもなかったけれど――。

2

玲良が、また夜な夜な出かけるようになった。

と言っても、とりたててショックじゃない。玲良が夜に出かけるタイプの人間だってことは最初から知っていたし、彼女を束縛しようって気持ちはさらさらなかった。

ただ、ときどき考えた。俺は彼女の夜の外出について、なぜ何も感じないのか。不安や独占欲が湧いてきたりしないのはなぜだ？

淡泊な人間のつもりはないが、昔から鈍感なのは確かだ。でも、こういう時、世の中の男性はもっと嫉妬深くなるもんじゃないのか？

玲良はといえば、俺に気を使ってるようだった。出かけるときは俺の肩に手を回し、ときには積極的にキスをしてきたりもした。それからきまってこう言うんだ。

「愛してるのはあなただけよ。信じて」

俺は何も考えず、ただそれを受け入れた。「信じて」って言われても、べつに俺は疑ってないんだけどなー、なんてことを考えながら。

仮想通貨と同じだ。愛であれ金であれ、そこには概念があるだけだ。彼女と約束を交わし、キスをする。その皮膚の感触だけを信じていれば、それでいいんじゃないだろうか。

崔蝦俊が見たらどう言うだろう？　ときどき俺はそんなことを考えた。

――君は彼女に執着しないな。愛が消えたと認めたらどうだ？

――あなたの執着は愛だったんですか？

そう問い返すことで、俺は切り抜けるだろう。だが、それで何かが得られるわけじゃない。わかっている。俺は結局のところ、心のなかでの対話からさえ逃げているのだ。

俺は玲良の寝室で、じっと巨大な冷凍庫を見つめることがあった。べつに見たいなんて思わないのに、いつの間にかそうしている。そして、そういうとき、恐ろしいことにその中に何が入ってるのかを想像さえしていなかった。

もう俺には冷凍庫の中身を即答することは難しかったし、ちょっと考え込むような馬鹿なこともしなかった。もちろん、答えはそこにあったけれど、そんなふうにして己の暗部を覗き込むことを避けていたのだ。

そんな時、きまって俺は静香の高校時代のあの言葉を思い出した。

――うちを信じられんの？

あの時、静香が教師と準備室で体を重ねているという噂に俺の胸はざわついていた。間違いなく、俺は静香に執着し、その行動のすべてを把握したい願望で溢れていた。

あの頃より、俺は大人になったってことなのかもしれない。好意的に考えれば、そんなふうにも思えた。だとしたら、それは、あの日の〈信じられんの？〉という一言の効用ともいえた。

俺はバルコニーに立ち、また〈フォール〉に没頭した。いまや、このマンションから一歩も出ることのできない俺にとって、この仮想浮遊こそがすべてだった。身体が重力から逃れ、時間からも解き放たれて、その向こう側に浮かび上がる静香を脳裏に焼き付ける時にだけ、俺は真の意味で自由だった。

だけど、そんな楽しさも、少しずつ憂鬱の種になりつつあった。

何度目かの玲良不在の夜が訪れた。

いつでも玲良は、出がけにキスをした。

「愛してるのはあなただけよ。信じて」

「もちろん」

なぜ信じてほしがるのか、その理由もわからなかった。俺からの信頼が、彼女にとって大切なことだとも思えなかった。

十日も経つ頃には、俺は気づかざるを得なかった。帰宅する玲良がきまってよその男の匂いを微かに纏っていること。いくら俺が馬鹿で鈍感で間抜けだとしても、匂いばかりは気づく。ときに嗅ぎ慣れぬシャンプーの匂いをさせていることも。そのことに、ぼんやりとした不快感は抱くものの、反吐《へど》が出るほど嫌なわけでもなかった。

俺にとっては仮想通貨と同じ。帰ってきてからの抱擁がすべてだから。たぶん大人になったのだ。もう執着も独占欲もない。玲良がどこで誰と愛し合っているのであれ、彼女の信じてほしいというその願い一つが、俺には大切だった。

玲良のなかに微かに混じる男の匂いを嗅いでいると、ときどき彼女を凌辱《りょうじょく》したい欲求に駆られることがあった。それはそれで、かつてのように俺たちをセックスでつなぎ止めることにはなった。

劣情というのは、セックスの燃料にはなるものらしい。あんまり要らない知識を俺は一つ覚えたわけだ。

そんなふうにして、またどうにか一週間が経つ。

わかっている。すべては少しずつ死に近づいているのだ。レコードはやがて針飛びをするし、スマホのバッテリーはだんだん持ちが悪くなる。それが現実というものだ。それが嫌なら、この世界では、誰もが目を閉じるしかない。何も見ずに、少しばかり頭のねじを飛ばせばいい。幸福でいるというのは、いくつかの必要な段階を飛ばすことなのだから。

俺は、玲良にまとわりつく匂いを嗅ぎながら、想像を巡らすのが日課になった。その男は、無神経な手つきで彼女の身体に触れる。ただし、傷つけたりはしない。その意味では一定の常識はもっているのかもしれないし、どこまでを許容するかの権限は、玲良が握っているとも考えられた。強気な彼女のことだから、それくらいの支配力はあるかもしれない。

だけど、なぜその男が玲良に必要なのかを考えるとよくわからなかった。

俺は毎日、一日の終わりに汗を流し、心を落ち着けるべく〈フォール〉に没頭し、夜の闇を浮遊しながら高校時代の甘い記憶に耽溺《たんでき》する。エアコンのきいた室内にいると気づかない夏の蒸し暑さを、この瞬間だけは感じられる。

外の世界では、着実に季節が移り替わっているのだ。

ある夜は、少し離れた区で花火大会が開かれていた。無論、ここからは何にも遮られずに打ち上げ花火を満喫できたが、その一瞬の閃光《せんこう》の中にすら、俺は死の匂いを感じ取ってしまった。

愛も栄光も何もかも刹那の光のようなものだ。誰にも止められぬ速さで死に近づいている。俺と彼女の関係も。そしてこの生活も。

都市のネオンは、そんなことを知りもせず空に咲く一夜かぎりの大輪の花の儚さに酔いしれているのだった。

3

八月の三週目のある夜、唐突にインターホンが鳴った。

玲良が出かけてから、一時間かそこらのタイミングだった。それが、いま思えば〈死〉のサインみたいなものだった。

そのインターホンには、はじめから何らかの予兆のようなものがあった。悪い予感というのだろうか。何しろ、そんな時間に訪問販売に来る営業マンはいないし、何の配達も頼んでいないのだ。

俺はモニターを確認した。まるで工場で作られたマネキンみたいにスタイルのいい女が立っていた。右目から右頰のあたりにかけてガーゼを貼っている点を除けば、かなりの美人だ。

俺は彼女に見覚えがあることに気づいた。誰だっけ？　この数カ月の間に見たことがある。だけど、俺は玲良以外の生身の女性になんてまったく会っていない。

と——考えていて唐突に、像と名前が結びついた。

ああ、そうか。

頬月《ほおづき》日美香。売れなくなったアイドル。

俺が彼女を知っているのは、テレビの画面でじゃない。崔煆俊がここでアイドル格闘をさせていたからだ。一瞬だが、彼女かどうか迷ったのは、そのガーゼのせいだった。

「多和田彗都サン、私よ、頬月日美香、覚えているでしょう？」

俺は黙っていた。俺は彼女が知っている多和田ではないから。しばらくのあいだ、俺はじっとしていた。脳裏には、崔煆俊の言葉がよみがえってもいた。

——インターホンが鳴っても、宅配を頼んだ時以外は絶対に出るなよ。

間違いなく、これは予期せぬ来訪者で、崔煆俊の言に従うのならば絶対に出るべきではない案件だった。

そうして様子を見ていると、また声がした。

「そこにいるのはわかってるって。あんたが外出せずそこにいることはね。早く通話ボタンを押して。警察を呼ぶよ」

ふつう、警察を呼ぶのは、住人のほうだろう。だが、彼女はその言葉がこっちの脅威になると知っているようだった。

「早く出なさいよ」

彼女が何を望んでいるのかはわからない。だが、何であれ、それはあまり良くないことのように思えた。少なくとも、宝くじの当選を知らせにきたわけではなさそうだ。

それなのに――なぜかその時、俺は黙っていられなくなった。

「いま開ける。入ってきて」

俺はそう答えた。声色はできるだけ崔暇俊に近づけたつもりだったが、それももううろ覚えの記憶の中の崔暇俊の声にすぎなかった。

そして、案の定、それは〈多和田〉の声としては伝わらなかった。

日美香は言った。

「……誰?」

さあ、誰だろうね?

俺はドアの解錠ボタンを押して、彼女を招き入れた。そうする以外に、道はなかった。ここで彼女を拒絶すれば、本気で警察を呼ぶかもしれない。

仮想通貨の違法性は知らない。そんなことはどうでもいい。だが、もしも警察があの冷凍庫に気づいてしまったら?

インターホンの音がふたたび鳴る。

俺は玄関に向かい、鍵を開けた。

「多和田はどこ?」

日美香は、俺を見てやや驚いたようだったが、すぐに尋ねた。

「今はいない」

「そんなはずない。あいつは外出しないって、もっぱらの噂よ」

「でも、いないんだ」

「じゃあ、あんたは誰なの？」

彼女は、俺があの時ここにいた〈ウーマイーツ〉のスタッフだとは気づいていないようだった。

「俺は……友人だよ。ここで留守を頼まれてる」

「だから、いつ出かけたって言うの？　私は朝からずっとこのマンションの前にいたんだ」

「……なぜ朝から？　もっと早く訪ねてくればよかった」

「今日だけじゃないよ。三日前から、仲間と交代交代でこのタワマンを監視してた」

「だからそれはなぜ……？」

「多和田がどういう男か、見極めてやるためだよ。本当は週刊誌に情報を売りつけようと思った。でも、多和田は芸能人じゃないし、一般的には無名だから誰も動いてくれない。だから、私が自分で多和田を取材して、それから週刊誌に持ち込もうと思ったわけ。頭いいでしょ？」

「どうかな」

「うちの社長とかマネージャーから、何人もの落ちぶれた芸能人がここでショウをやらされたって聞いてたからさぁ、そういうのをちゃんとスクープにすれば、週刊誌だってやり玉に挙げてくれるはずよ」

「なぜそんなことをする？」

「あんた、いま目の前にいる女の顔を見てわからないの？　この傷だよ。ここで格闘させられてできた傷。このせいで、もう私はモデルとしても芸能人としても、実質活動は不可能になった。

おかげで事務所もクビよ」

「その傷がどんなものか見てみないとわからない」

四月のものなら傷口はとっくに閉じているだろうから、ガーゼは傷を隠すためと考えていい。だったら、外すのは簡単なはずだ。

「それを、多和田本人じゃなく友人のあんたに見せる意味は？」

「あとで状態を多和田に伝える」

「三日間、一度もここから出入りしていない多和田に？」

「……出かけたのが四日前なんだ」

「そんなに長く家を預けられてるわけ？　恋人まで置いて？」

俺は黙った。まさか、玲良の存在まで把握されているとは思わなかったのだ。

「私があの女の存在に気づいてないとでも思ってたの？　多和田はたしか玲良と呼んでたね。ほかの子にも聞いたから間違いない。だけどたぶん偽名でしょ。今、素性を調査させてる」

「ずいぶんと詮索してるんだな」

「そりゃあね、強請《ゆす》ってやる気でここに来たわけだから」

「強請り？　穏やかじゃないね」

「穏やかじゃないのは多和田の専売特許でしょ」

俺は笑った。日美香の言葉に、不意に崔暇俊のありし日の姿が浮かんできたせいだった。本当に「穏やかじゃない」野郎だった。自分でも秘めた狂暴性がコントロールできなくなる時があるように見えたもんだった。

だけど、その最期に残した言葉は――。

――ありがとう……。

アイツは、もっとギアの壊れた耕運機みたいな言葉でこの世を去るべきだったのだ。

あの言葉をどう捉えればいいのか、結局それは今もわからないままだ。そのことを久しぶりに思い出して、俺は気分が悪くなった。

「とにかく、そのガーゼをとって見せてほしい」

チッ、と言うと日美香はその場で外して見せた。彼女の言ったことは、半分は本当だが、半分は嘘だった。傷痕はたしかにあったが、それほど目立つものではなく、ファンデーションをうまく施せば完全に隠すことも可能なレベルだ。

少なくとも、これで芸能活動ができなくなる、ということはない。

「大した傷じゃなさそうだ」

「この競争の激しい世界じゃ致命的な傷なんだよ」

「君はすでにその競争から蹴落とされた一人だと思ってたけどね」

ある種の開き直りから、俺は彼女を怯《ひる》ませる意図でそう毒を吐いた。実際、多和田の友人を名乗るなら、これくらいの毒舌は許されて然《しか》るべきだろう。いや、全然物足りないくらいだ。

ところが――日美香が次に言ったのは、思いがけない言葉だった。

「あら？　あららら？　ああ、いま気づいちゃった。あんた……あの時の〈ウーマイーッ〉のスタッフじゃん」

ビンゴ！　と崔暇俊なら叫ぶのだろうが、俺にはそんな余裕はなかった。ただ日美香を無表情で見返すのが精いっぱいだった。無策な44443番の俺が、久々に戻ってきた気がした。

## 4

「……何を言ってるのかわからないな」

俺は顔を引きつらせた。ふつう制服姿の人の顔なんて覚えちゃいない。それが、俺が考えていたこの世の常識だった。配達員としてどこの家に届け物をしても、誰もこっちの顔なんかまじまじ見やしない。

それが――あのたった一回の出来事を、この女は覚えてるのか。

「あんたはぼんやりソファに座ってただけかもしれないけどね、突然現れた配達員が観客に加わったんだ。しかもこっちは大金を賭けて命を張ってた。そのときに見た光景は忘れらんないよ。間違いない。あんたは、あのときのマインズでしょ。ねえ、どういうこと？　まさか、本気で友情が芽生えたってこと？」

「……そうだよ。だからさっきから友人だと言ってる」

彼女は、俺の身なりをまじまじと見た。

「ずいぶんいい恰好してるじゃん？　職業まで変わったの？　それとも、ぜんぶ多和田が買ってくれるわけ？」

「君には関係ない」

俺が追い払おうとした時、彼女は俺のつけているジャケ・ドローの腕時計に目を留めた。

「え、これ……多和田のじゃない？」

「……もう帰ってくれないか？」

彼女の記憶力が確かだってのもよくわかった。そして、これ以上ここにいさせてはいけないってことも。

「待ってよ、私がここへ来た理由、週刊誌に売るためだけだと思ってる？」

「その傷を見せつけに来たんだろ？」

「ちがう、裁判を起こすの」

「裁判？」

「週刊誌なんかアテにしてたってこっちの懐《ふところ》はそんなに潤わないからね。私と対戦した子も、私が裁判起こしたら証言台に立つって約束した。その時に、多和田がどんな非道なふるまいをしてたか、全部明らかにすんの。楽しいでしょ？」

「君たちは勝ったほうに大金がもらえると知って喜んで戦っていた。それだけだろ？　自分たちで選んだことだ」

「私たちは力比べをすると言われて来ただけ。あんな取っ組み合いをするつもりじゃない。ただ腕相撲なんかをさせられるんだと思ってた。で、急に本気で戦えって言われた。断ったら、お金がもらえないかもしれない。誰だってあの場じゃ判断力が鈍るよ。うちらは完全に被害者」

昨今の世論を考えれば、たしかに彼女の言い分は通りそうにも思えた。密室での出来事だし、彼女の言うことも嘘だと断じる要素はない。顔の怪我《けが》が何よりの証拠だと言えば、世間は大いに彼女のサイドにつくことだろう。

「たとえ腕相撲でもセックスでも、大金を目的にして密室に呼ばれて来たんだ。君の勝手な判断だ」

　もちろん週刊誌に載ればそんな理屈は通るまい。だからこそ、今ここで言い負かす必要がある。

「私の判断なんかじゃない！　この部屋に来て、無理やり戦わせられた。そんなつもりは全然なかったんだから！　場合によっては、暴行罪が適用されてもおかしくないね」

「裁判となれば一年はかかる。本気で訴える気か？　弁護費用は工面できるのか？　後先考えずにそんなことを言っていると、痛い目を見るのは君のほうだぞ」

　話しながら、徐々に人格が崔暇俊に乗っ取られているような感覚に襲われる。加虐性を帯びた、あの冷笑が浮かんでくる。

「ふふふふーん、いいんだよ、裁判になればマスコミが食いつく。そうしたら、多和田彗都の周りにもパパラッチがやってくる。裁判に勝つか負けるかはどうでもいいの。そうやって多和田のやってきたことが表沙汰にされれば、私は自分の体験を高いギャラでマスコミたちに話してやれる。今ネタを持ち込んでも塩対応かもしれないけど、裁判の後なら状況は変わってくるはず」

「君たちは金をもらってショウを見せた。怪我は自分たちが勝手に作ったものだ。それに、芸能人でもない多和田の周りにパパラッチがずっといるとも思えないね」

「それだけならね。でも、待てど暮らせど多和田がこのタワマンに戻らなければどうなる？　今度は、彼の代わりにここに暮らしてるご友人とやらに注目が集まるよねぇ。しかも、そのご友人は、もとは単なる〈ウーマイーツ〉の配達員だった」

　彼女はそう言って俺に顔を寄せてきた。

「あららら？　制服着てるときはあんまり考えなかったけど、こうしてちゃんとした格好してると、なかなかのイケメンじゃない？　顔の艶もよくなっちゃって、さぞ毎日いいもの食べてるんでしょう？」

「俺から離れてくれないか？」

「断りまーす。近くで見たいの。それとも、私を突き飛ばす気？」

俺は諦めて、日美香の好きなようにさせることにした。

「この暮らしが、大切なんじゃないのかなぁ？」

この暮らし――。

ずっと静香を見守り続ける、ここでの暮らし――。

そう、それはかけがえのないものだった。

俺が長年望んでいたものが、ここにはある。たとえ、その愛情が一方通行のものでしかないのだとしても、ここは俺が望んだ場所に違いなかった。

そして――俺がこの場所に執着していること、さらに〈多和田〉がもう戻らないことを、この日美香って女は感知している。

この世には察しのいい奴がいる。動物的嗅覚とでもいうのか、そういう奴に一度勘繰られたら、大抵の嘘は見抜かれてしまう。

「いくらほしいんだ？」

「私の顔は百万や二百万なんてくだらない値段じゃないのよねぇ。何しろ商売道具だったんだからら」

「だから一体……」

最後まで言えなかったのは、俺の口を日美香の唇で塞がれてしまったからだった。しばらくの間、彼女は目を閉じて、感触を楽しむように唇をくっつけたり離したりを繰り返した。

それから、ニタリと笑った。

「うっふふふー、気に入った。私を恋人にしてよ。そうしたらすべて黙っていてあげる」

「すべて……？」

「そう、あんたが、多和田に成りすましていることも、何もかも」

この女には、やはりすべて見抜かれているのだ。

俺は、どう返事をするべきか考えた。答えは出ない。そして、答えを出す前に、ふたたび日美香の唇が重なってきた。

# 第七章　出て行くわけにはいかない

1

日美香のことは、玲良には黙っていた。体の関係をもったことはもちろん、日美香が訪れたことと自体も言わなかった。都合がわるかったのもあるけど、それだけじゃない。むだに玲良を怯えさせたくなかった。

一方で日美香には、ここへ来るのは玲良の不在時だけにしてほしい、と伝えた。

日美香は笑った。

「心配しないで。彼女の出かける時間なら、とっくに把握してるから。彼女は夜の十時ごろ家を出て、明け方五時過ぎに帰ってくる。どこへ出かけているのかも知ってるけど、知りたい？」

「いや、やめとくよ」

「それがいいかもね。だいたい想像どおりだと思うけどね」

日美香は底意地悪く笑いながらそう言った。俺は片眉を上げるだけでそれをやり過ごし、続けた。

「それから、ここに来る時は香水をつけないでくれ。煙草もなしで」

「注文が多いのね。安心して。私はもともと香水は嫌いだし煙草も吸わない。まだほかに要望が？」

「……思いつくのはそんなところだ」

彼女はソファに裸で寄りかかりながら、こう言った。

「ところでさぁ、私ほしいものがあるんだけど」

日美香はそう言うと、小さな手帳を取り出した。すでにほしいものリストがあるらしく、片っ端から読み上げた。頭の痛くなるほど高価なものばかりだった。

「それを俺に買えと？」

「多和田の代理人くんならできるでしょ？」

「友人だとしか言ってない」

「同じことよ。何週間待っても絶対に現れない多和田のご友人なんだから」

「……自宅の住所に発送するように手配する。それでいい？」

「うっふふふー。だーいすき。あんたのこと何て呼ぶ？　ウーマくん？　それとも、私のお馬さん？」

「なんでもいい」

「じゃあ、いっそ多和田クンにしない？」

「俺は……」

多和田ではない、とは言えなかった。むしろ、いまは俺こそが多和田なのだ。ここで彼女に対してそれを否定することには何の意味もあるまい。

「あららら？　反応アリ。また来るね、多和田クン」

日美香は俺にキスをしてから去っていった。

以来、彼女はきまって夜十時を過ぎるとインターホンを鳴らして現れるようになった。それに伴い、日美香と鉢合わせする可能性を考え、玲良を三十分前には送り出すよう仕向けなければならなくなった。

ある日、出かける前に玲良は俺に尋ねた。

「ねえ、私が夜出かけることについて、本当はどう思ってるの？」

「本当は？」

「そう。嫌なんでしょう？　前は嫌そうな顔をしていた」

自分では不快感をうまくやり過ごせているつもりだったが、存外そうでもなかったのだろうか。それとも、それは玲良の願望か。

「そうかな……そうだったかも。でも、君は俺の所有物ではないし、どこで何をしようと君の自由だよね」

「でもフェアではない。あなたはここから一歩も出られないのに」

「それは仕方ないよ。俺はあの晩にその不自由を受け入れた。代わりにここでの優雅な暮らしを手に入れた。それだけで満足だよ」

「ねえ……なんだか私、妙な感じ」

「何が？」

「あなたが多和田になって、本当に幸せで……心のバランスがかえっておかしくなってる」

「……なんで幸せでおかしくなるんだ？　いいことじゃん」

「そうだけど……そうね、行ってくる。愛してる」

いま、何か言葉を飲み込みはしなかったか？　だが、そう問いかけても何も答えてはくれまい。

「俺もだよ」

玲良は俺にキスをした。短いキスだった。

彼女が出て行くと、しばらくして日美香が現れた。上がり込むが早いか、彼女は俺にパソコンを開かせ、オークションサイトへ誘導した。

「バーキンの、これとこれとこれ」

「そんなに一気に買う意味がない。一つでじゅうぶんだろ」

「私じゃない。友だちにあげるの。みんなでエルメス持って歩いたらかっこいいでしょ？」

「わからないな」

「いいからクリックしてよ」

俺は言われたとおりにした。そして、ひどく虚しい気持ちになった。

一通りの買い物が済むと、日美香はドン・キホーテで買ってきたカードゲームで遊ぼうと言い出し、俺が乗り気じゃないのもお構いなしにそのゲームを続けた。

日美香はただ、新しく自由気ままに生きられる場所を手に入れて一人遊びをしているだけだった。次の日も、そのまた次の日も。玲良に比べて、日美香は話していても薄っぺらく面白いところがあまりなかった。彼女の人生は着飾ることと快楽を得ることに大半を費やしたせいで、叩いたら音が鳴りそうなくらい空っぽだった。

日美香はゲームに飽きると大抵、俺にキスをしてきた。今日はそんな気分ではないなどと断ると、「いいの？　裁判が好き？」と言って顔の傷のことをちらつかせてくる。結局、それ以上の言い合いが面倒になって、適当に抱き寄せ、適当にキスをし、適当に身体を重ねる。そんなことが、何度か繰り返された。

人に話せば、元アイドルの日美香とのセックスがそれほどひどい体験だったわけはないだろ、と言われるかもしれない。

しかし、羞恥心のない相手とのセックスは端的に言って、終わりのない悪夢みたいなものだった。

「明け方には帰ってくれよ」

最初のうちは、彼女はその言葉にうなずき、素直に帰っていた。購入した商品が自宅に届く喜びもあったのだろう。だが、それも慣れてくると、帰る時間が徐々に遅くなっていった。明け方五時から六時の間には玲良が帰ってくるとわかっているのに、ベッドから出て行かない。わざと眠りが深いふりをし、目覚めてからものらりくらりと着替えをして出る時間をぎりぎりに引き延ばす。

「玲良にバレたら、何もかも終わりだ」

俺はある時、業を煮やしてそう言った。すると、すかさず日美香は言い返してきた。

「終わり？　この関係を終わらせるかどうかは私が決めることだよ。あんたやあんたのカノジョには決められない。なぜなら、ね、わかってるでしょ？　終わらせたらどういうことになるか。だからくだらないことは言わないで」

俺はこの時、どうやら自分がジョーカーをひいたらしいってことを認めた。そして、たぶん、認めるには何もかも遅すぎた。

2

八月も残りわずかとなったある日——とうとう恐れていた事態が起こった。

玲良と夕食を終えた後のことだった。いつも通り、玲良は外出の準備を始めた。

そのさなかに、インターホンが鳴った。出ようとしたが、距離的に近かった玲良が向かった。

そして、映像を見ながら不審げな顔つきになった。

しばらく迷っていたようだが、玲良は「はい」と応じた。

「開けてくれる?」

声ですぐ、日美香だとわかった。俺は思わず玲良の顔を見た。

「どちら様ですか?」

玲良は冷静にそう問い返した。

「お部屋を間違って押されてるようですが」

「間違ってないよ。多和田クンに用があるのー」

「……多和田はいま留守にしていて……」

「あらら、その多和田じゃないんだなぁ。新しい多和田クン」

日美香の発言に、玲良は俺の顔を見た。

ここで玲良と日美香が揉めたら、事態が悪化することも想像がついた。俺は咄嗟にインターホンの解錠ボタンを押した。

「どうぞ」

玲良の目が俺を責めていることはわかっていたが、ほかにどうしたらいいのかわからなかった。

「いつからあんな女と知り合いに?」

「……以前、多和田さ……崔嘏俊が、ここに呼んだアイドルだよ」

「それはわかるよ。頬月日美香でしょ。だから何なの? 問題は、あなたがあの女と関わりを持っているってこと」

「あの時の遊びで顔に傷がついたことで裁判を起こすと言ってきたんだ。週刊誌も飛びつくだろうって」

「それを真に受けたの?」

「彼女は本気だった。週刊誌はまずい」

「本当に馬鹿ね。勝手にすればいいと言えばよかったのよ」

「言ったよ。でも、彼女は本気だった。刺し違える覚悟ができていた」

「間抜けねぇ。それで、彼女は何を条件に持ち出したわけ?」

「……俺の恋人になること」

考えてみれば、じつに間抜けな話だ。金を要求されるよりマシだ、と考えて体の関係を選んで、結局すべてを奪われているわけだから。我ながら救いようのない愚か者だ。

「とんでもないことをしてくれたわね……」

玲良は一点を見据えていた。「たしかに」なんて相槌《あいづち》を打ったら本当に殺されそうだった。だから、俺はただ黙っていた。

やがて、インターホンが鳴った。

「出なさい。自分の招いた禍《わざわい》をもてなすがいいわ」

玲良はそう言い捨てると自室に入った。こんな惨めな気持ちになるのは、点数の悪かった算数のテストをゴミ箱に捨てたところを担任に見つかった小学生の時以来だ。

仕方ない。自分で蒔《ま》いた種だ。

俺は腹を括って、日美香を招き入れた。

「玲良のいる時間はやめろと言ったはずだ」

入室してすぐ、小声で日美香に言った。

「あららら、そうだった？　でもいいじゃない？　私はあんたの恋人なんだから、いつ現れたって問題ない。でしょ？」

「今日は帰ってくれ。買い物なら明日またゆっくりさせてやる。明日は二倍は使っても構わない」

日美香はその言葉に従うどころか、俺を突き飛ばし、お邪魔しまーす、と宣言してどしどしとリビングへ向かった。そして、追いかける俺に向かって言った。

「冗談でしょ？　私はね、ここが気に入ったの。ここで楽しみたいの。わかるでしょ？」

それから廊下の途中で不意に止まり、俺に抱きついてきた。

「ほら、私をいつもみたいに抱いて」

「やめてくれ」

彼女はかまわずに俺の首筋にキスをし、耳元で囁いた。

「そんなこと言える立場なの？　私はあんたの何もかもを失わせることができる。あんただけじゃない。あの女もね」

残念ながら、日美香の言葉は正しかった。この秘密を知っている以上、彼女は俺だけではなく、玲良の暮らしまで脅《おびや》かすことができる。玲良の言うとおりだ。自分の尻尾を食いちぎった虎より俺は間抜けだ。

ひとまず日美香をリビングのソファに座らせると、酒の用意をした。できるだけ強い酒を飲ませて早めに帰らせる。卑怯だが、いちばん効果的かもしれない。

やがて、化粧と着替えを済ませた玲良がリビングに現れ、ソファでくつろぐ日美香を見やった。ジバンシィのクリスタルが輝くドレス。最近気づいたが、玲良はどうもファッションはジバンシィで統一してるようだ。実際、彼女にはよく似合っていた。

「事情はよくわからないけど、あなたはここが気に入ったみたいね」

玲良はうわべだけの笑みを浮かべて日美香に言った。日美香はにっこりと笑い返した。

「すっごく気に入っちゃった。この新しい多和田クンも」

「そう。よかった。私はその多和田にはあまり興味が持てないから、仲良くできそうね。いくらでも居座ってくれていいわ。好きな時間に来て」

その言葉に、少なからず日美香は面食らったようにみえた。だけど、すぐに喜びに満ちた顔になった。

「最高！　あなたのこと大好きになっちゃったかも」

玲良はその反応に、わずかに首を傾《かし》げただけだった。

煙草に火をつけ、大きく息を吸って吐き出すと、すぐに灰皿で火を消して立ち上がった。

「じゃあ、ごゆっくり」

玲良が行ってしまうと、日美香は「素敵ね。それに、あんたに興味ないってさ。かわいそう！おーよしよし、泣いちゃダメだぞぉ？」と言いながら俺の頭を撫でた。べつに侮辱されたとは思わなかった。そもそも玲良が本気であんなことを言ったとも思っていない。なぜかはわからないけど、玲良がまだ俺のことを好きだという確信があった。たとえ、ここ数日ベッドを共にしていなくても。

その日は最悪だった。日美香のショッピングも、その後のくだらない遊びに付き合わされた時間も、すべてが膨大な無駄に思えた。崔暇俊の娯楽に付き合っていたときはそう思わなかったのに、今では何もかも虚しいものに見える。それは、日美香という女のくだらなさに起因していると言ってよかった。空疎な人間とともに費やせば、時間でも金でもセックスでも、あまねく空疎に染まるのだろう。

3

明け方、ようやく日美香が出て行くと、入れ違いに帰ってきた玲良が、無言でソファに横たわって俺を凝視した。

「いくら使わせたの？」

「大した額じゃない」

「よくそんなこと言えたものね。自分の金じゃないくせに」

「……今はもう俺の金だよ」

「俺の金？　私たちの金でしょう。いくら使わせたの？」

「二千万かそこら。とにかく、大した額じゃない」

「でもそれを私に黙って使わせた」

「……そうでないと、俺たちの暮らしがダメになるところだった」

「もうダメになりかけてる。あなたのした馬鹿な決断のせいでね」

「そうだね、俺はたしかに判断を間違えたんだと思う」

「思う、じゃない。間違えたのよ。確実にね」

「ああわかった、確実に間違えたよ……ところで、さっきの言葉、本気じゃないんだろ？」

「何が？」

「俺に興味がないって」

玲良はかぶりを振ると、臭い現実に蓋をするように、ショルダーバッグから取り出した『ナボコフ・コレクション4』を読み始めた。

「……こんな愚かな決断をする人のことは、どうかしらね。ちょっと自信がないかな」

もはや彼女は顔を上げることはなかった。いまの彼女の現実は書物で、俺はその向こうの騒音に過ぎないのかもしれない。

「俺は君との生活を守るために動いてる。結果的に浅はかでうまくいかなかったけど」

「自分が愚かだったことがわかったのね？　でも、どうなの？　実際、まんざらじゃないんじゃないの？　元アイドルと毎晩セックスに興じるってのは。男の人にとっては、肉体の欲求が大事なようだし」

「わるいけど、最悪な体験だよ」

「説得力ないなー」

彼女は乾いた笑い声をあげると、本を閉じた。それから、立ち上がり、ゴミ箱からコンドームを拾い出した。俺は己の杜撰《ずさん》さを呪うしかなかった。日頃、ゴミをまとめるのは俺の仕事だから、と油断していたのもある。

「避妊具をちゃんと使ってるところは評価できるけどね。あれで妊娠までされちゃ取り返しがつかないから」

「……拒めないんだ。拒んだらこの生活が……」

「それがたとえ真実でも、私にしたら言い訳にしか聞こえないのもわかるでしょう？」

「まあね……」

「でもとにかく、愛はないわけね？」

「弱みを握られてるだけだよ。どうしようもないんだ」

玲良はため息をついて、出がけにひと口だけ吸った煙草にまた火をつけた。シケモクなんて玲良らしくない。

彼女は煙を吐き出しながら言った。

「信じてあげる。あなたが私だけを愛してくれると誓うなら」

「もちろん。俺が愛しているのは君だけだよ」

「絶対に私を危険な目に遭わせない？」

「そのつもりだよ。この暮らしを守り通す」

「なら、とうぶんは様子を見ましょう。あの女はこれから、私がいる時間にも平然と来るようになるだろうし、その頻度は増すでしょうね。図々しくここに住もうとするかも。そして、そのうち私を追い払おうとするかもね」

「それはどうかな。そこまでのことをするメリットがない」

「あなたの浅薄な予測はたくさん。最悪を予想することが大切なの」

玲良が息を吐き出すと、白い煙がもわりと上がった。ため息代わりのような、ひときわ大きな煙だった。

「とにかく——当面の間、この奇妙な三人生活が続くことを承認します」

「え？」

「認める。それが必要なことなら。不幸は幸福のために必要、だからね」

自分の一言一言を確かめるような言い方だった。たぶん、誰かの格言なんだろう。だけど、そこには、簡単には「よかった」とか「ありがとう」と言い出しがたい空気があった。自分に一切の発言権がないことはよくわかっていた。

「でも覚えておいて。これは一時的なもの。機会をみて彼女は追い出す。そうでないと、取り返しのつかないことになるから」

「……わかってる」

わかっている――本当に？

俺は自問した。このままではいけない。それは、たしかにわかっていた。だが、ではどうやって追い出すのかってことになると、まったく何もわかっていないと言ってよかった。

「セックスは、しょーがない。していーよ」

「……わかった」

能無しみたいな返答だが、ほかに言いようがなかった。

「ただし、わかってると思うけど、私の寝室には入れないで。それは何重もの意味で」

「もちろん。何重もの意味で理解してるよ」

「……だといいけど」

そっぽを向いて煙を吐き出す彼女を見て、俺の信頼が地に堕《お》ちたってことはよくわかった。そして、その信頼を取り戻すには、それ相応の努力が必要だということも。

だが、ときに努力というものは、床屋が羊の群れの毛をむしって金を取ろうとするように、途方もなく滑稽なものでもある。

夜の空気は、澄んでいた。

「あなたが好きよ。あなたが思っている以上に」

「俺もだよ」

それから、俺たちは数日ぶりに身体を重ねた。その抱擁は、少しばかり祈りに似ていた。

俺たちはたぶん怖かった。

そして、〈怖さに抗《あらが》う〉というのは、セックスの一つの正しい動機かもしれない、とも思った。

4

科学技術が今ほど発達していない時代、川に堤防を造るとき、人々はこれで村は守られる、と信じたのだろう。だが、そんな信仰を打ち破るように、川の氾濫は堤防を粉々にして村を飲み込んだ。堤防の歴史ってやつは、そうした人間の想像力と川との戦いの歴史でもある。

川にかぎらず、禍は、ときに人の想像を超えてくる。

日美香という禍も、ある意味では同じだった。一ヵ月と経たないうちに、日美香は「友だち」と称する少年たちをこのマンションに出入りさせるようになった。もちろん、玲良はそのことをひどく嫌がったし、恐れもした。だから俺は日美香に言った。

「これ以上ここへ他人を招くのはやめてほしい。安全が保てなくなる」

「心配しないで。みんな何も知りはしないし、それに一回しか来させない。あの頃の多和田と同じよ。彼らはね、私の使い捨てなの」

まるで、それがかつて〈多和田〉にされた仕打ちへの復讐《ふくしゅう》だと言わんばかりだった。それに、少年たちと日美香がセックスに興じている間は、俺はお役御免だったし、それはそれで助かった。

だけど、その判断は、日美香を見くびったものだった。

ある朝、目覚めた俺と玲良は、インターホンの画面に映る光景に目を疑わねばならなかった。

いつもどおり、そこには日美香が立っていた。だがその隣に、どこかで見た男の顔があった。

しばらくの間、俺も玲良もそれが誰なのかを考えていた。見覚えがあると感じたのは俺も玲良も同じだったから。

「会った覚えもないのに、俺たち二人ともが知っているってことは、芸能人じゃないのかな」

「……そう考えるのが妥当ね。日美香の隣にいるわけだし」

その予想は、結果的に正しかった。室内に入ってきた日美香は、その男がヴァイラスZというアイドルグループのセンターでリーダーの子だと説明した。ヴァイラスZは昨年まではヒットチャートの上位に食い込んでいたが、メンバーの一人がコカイン所持容疑で逮捕され、現在は活動を自粛している。メンバー個々の活動は継続しているものの、停滞気味の感は否めない。

「どうも、大石勝《おおいしまさる》っす」

リビングに通されると、彼は首だけでお辞儀をした。どこにでもいる、容姿の整った若者特有の傲慢さと軽薄さが全身に充満していた。まだ十代だろう。寄ってくる女は誰であろうと逃さない、その女が手にしている富は無論のこと――そういう雰囲気は同性のほうが気づきやすい。

「楽曲を聴いたことがある」

俺は一言そう伝えた。それは本当だったが、タイトルまでは思い出せなかった。

「あざっす……ここ、いいとこっすね。家賃、いくらっすか？」

「持ち家なんだ」

「マジっすか？　億ションでしょ？」

「まあ、そうだね」

大石勝は、部屋中に視線を這わせていた。それから、窓辺に立って、眺望を見下ろした。

俺の苛立《いらだ》ちは、その時点で頂点に達していたが、それよりも苛立っていたのは玲良のほうだった。

「どうして彼をここへ？」と玲良は日美香に尋ねた。

「あららら、いけなかった？　だって私の友だちだから」

「ここはそういう場所じゃない」

「そういう場所？」

「誰彼構わず連れてきていい場所じゃない。私たちの家なの」

「私たちの家、ねぇ。うっふふふー、笑っちゃうわね、もうここにいない多和田彗都のものでしょう？」

奔放な日美香の言動が挑発的なのは前からだが、それ以上に気になったのは、日美香のことさえ気にせず自由に歩き回る大石勝の様子だった。

彼は早くも、俺や玲良のことを虫けら同然と考えているようだった。アイドルグループのセンターを守る者特有の、狙った獲物を逃さない鷹《たか》のような目。機敏な動き。いずれにせよ、彼がその気になったら太刀打ちなどできそうにはなかった。

「このタワマン、べつの部屋に『ひるなび』の司会の波原《なみはら》さんが住んでるって聞いたことがあるっす。彼クラスの人間でやっと買えるくらいの金額だとすると、相当な資産があるんすねぇ」

おいおまえ、自分がさっきから金の話しかしてないことに気づいてるか？　俺はもう少しで胸倉をつかみそうになるのをぐっと抑えた。彼の狙いがこちらの資産にあることは明白だった。

俺は警戒心を高めた。何か少しでも怪しい動きを見せたら、すぐ追い出すつもりでいた。

ところが——大石勝の行動は、俺の予想とは異なった。

彼は突然、膝をついたのだ。

「じつは、今日はお願いがあって来たんす。昨年の、ヴァイラスZの活動休止はご存じっすか?」

俺も玲良も頷いた。「ご存じ」という言葉をご存じだったのか、と内心では思いながら。彼は続けた。

「いまは、各メンバーそれぞれにバラエティやドラマ、映画で少しでも活躍の場を増やそうと頑張ってるんっす。でも、大きな目玉が必要なんすよ。なのに、テレビ局はどこも我々を主演クラスで使ってくれなくて……」

それは、メンバーの不祥事以外にも理由があった。所属事務所のパワハラ体質が問題視されたのだ。テレビ局はそんな事務所の体質に忖度《そんたく》していると取られ、SNSでさんざん叩かれた。それもあって、業界は必要以上にナーバスになっている。

「このままだと、ヴァイラスZはとても危険なんす。下手をすると、空中分解するかもしれません」

「リーダーが堂々としていれば、大丈夫なんじゃない?」

他人事のような玲良の台詞を、大石勝はまったく無視して続けた。

「じつは、いま主演映画の企画が一本止まったままなんす。スポンサーが撤退してしまったので、宙に浮いてしまっているんすよ」

「よく聞く話ね。お気の毒」

玲良の棘のある物言いは、しかし大石勝には効果がないようだった。彼ははじめから俺をターゲットにしていて、玲良は添え物と思っているのだろう。

「でも、この企画は、絶対に客が入る自信があるんすよ」

彼は俺に脚本を見せた。タイトルは『殺意のQ』。パトリシア・ハイスミスの『殺意の迷宮』のパロディか。いまどき、こんな企画が当たるのか。

しかし、キャストの一覧を見ると、この企画が相当気合の入ったものであることもわかった。名だたる俳優の名前が並んでいる。

「それで？　これがどうかした？」

俺が尋ねると、大石勝は我が意を得たりとばかりに目を輝かせた。

「じつは、この映画の新しいスポンサーを探している最中なんす！　お願いします！　俺の芸能生活のすべてがかかっているんす。どうか、この映画のスポンサーになっていただけないっすか？」

このとおりです、と続けて、大石勝は頭を床につくくらいまで下げた。

「ちょっと待って……映画って……そんな簡単に言うけど」

「簡単じゃないっす。でも、ここに名前の載ってる俳優さんはみんな、金さえ集まるなら出演してもいいって言ってくれてるんすよ」

どう考えるべきか、俺はしばし思案した。脚本と監督のクレジットも見た。監督は今をときめく人物、脚本家も数年前に大河ドラマをやったはずだ。この組み合わせなら、大コケするということはないのだろう。

それに、目の前にいる大石勝という人間は、まだ〈消えた芸能人〉というには早すぎる。第一線とまでは言わないが、第二線よりは前で戦っている売れっ子の一人と考えていい。

ところが、俺のこうした思考を遮って、玲良が言い放った。

「無理ね。映画ほど当たりはずれが大きくてアテにならないビジネスもない。わるいけど、いくら金があってもそういう馬鹿げた投資には意味がないから、私たちはしない」

「あなたに聞いてないっすよ」

大石勝は冷淡にそう言うと、日美香がおかしそうに笑った。

「そういうこと。ちょっと玲良さんは黙ってて」

「……どういうつもり？」

「わるいけど、じつは勝にはすでに多和田クンの正体のこと話してるんだよね」

そう言ってから、日美香は反応をうかがうように俺たちを交互に見た。

「断っていいのかな？　まずいんじゃない？」

日美香が何を考えているのか、俺にはまったくわからなかった。

「いくらなんだ？」

「三十億」

想像を超えた額だった。俺はパラパラと脚本をめくった。話の内容が即座に入ってくるわけでもなかったが、少なくともびっしりと書き込まれた、本気の脚本なのだってことはわかった。

「……大金だ」

「あるでしょ？　私、あんたのパソコンで総資産額を見たから知ってる」

「あるのと、それをどう使うのかっていうのはべつの話だ」

「だけど、映画が成功したら、その額が二倍、三倍になって返ってくるのよ？」

「ふふ。そんなこと、どうでもいいんだよ。あんたたちには選ぶ権利なんてない。金を出すか、裁判にするか、その二択しかないの」

「興味がない」

「あなた、性根《しようね》から腐ってるわね」

玲良が低い声で言った。これまで聞いたことのないような声だった。

「だからさ、玲良さん、あんたの意見は聞いてないんだって。どっか行ってくれる？」

玲良は立ち上がり、俺にこう言った。

「あなたに判断を任せるわ。自分の連れてきた疫病神の始末はしっかりしてね」

疫病神か。うまいことを言う、なんて言ったら殺されるだろう。だから、俺は玲良に何も言い返さなかった。

玲良が自室に引き揚げたのを確かめてから、二人に向き直り、考えさせてくれないか、と伝えた。本当はこんなことは考えたくない。金儲けの話なんて面倒くさいし、向いてないから。

だけど、映画の企画は実際にあって、成功の可能性も高そうだ。

しかし――そんな賭けに多額の金を費やすのは、やはりどう冷静に考えても馬鹿げてはいた。

俺の内面は二極に分かれて殴り合い、ぼこぼこになりそうだった。

「明日までには結論を出してよ」

「明日までだって？」

とても今日明日で簡単に決められるような額ではない。預金口座の桁数が変わるような決断をしなければならないんだから。

日美香は苛立っていた。食器棚からグラスを取り出し、乱雑に注いだせいでテーブルにヴォーヌ・ロマネがこぼれたが、拭こうともせずに一気に呷った。

「絶対に恋人の私の期待を裏切らないでよね」

「……日美香、この映画に投資することで、君は何かメリットがあるのか？」

「私も出演させてもらえる。いわゆるバータースターってやつよ。そこからもう一度スターに返り咲いてやるの」

あまりに甘い夢に思えた。それに、やっぱり顔の傷は問題じゃなかったんだな、とも思ったが、それは指摘しないことにした。

「君と大石くんとの関係性は？」

「もともと同じ事務所にいたの。その頃からの付き合いよ」

「……だが、君はもうその事務所にいないわけだろ？　どうやってバーターで出してもらうんだ？」

すると、慌てたように大石が割って入った。

「俺はいまでもだいぶ事務所に顔がきくんすよ」

たしかに、ちょっと前まではよくテレビで観た顔だ。そういうこともあるのだろう。まあどうでもいい。

状況的に、究極の二択をするうえでは、彼らの胡散臭《うさんくさ》さは置いておいて、映画の企画のことだけを考えたほうが良さそうだった。問題は期限が明日ってとこだ。冷静な分析をするには、あまりに時間が足りなすぎる。

「製作委員会が、明日採択をするんすよ。その時にスポンサーとして、多和田さんが出資を決めてくれれば、すべてが一気に動き出します。日美香さんも、もう一度うちの事務所に所属できるように動いてみるつもりっす」

たしかに、それだけのプロジェクトが動き出すにはじゅうぶんすぎる出資だといえた。日美香が出られるかどうかは死ぬほどどうでもいいけれど、万一にもその映画が日美香の復帰の足掛かりになれば、彼女もいつまでも俺に執着することもなくなるかもしれない。

「ちなみに、撤退したスポンサーはどこ？」

一瞬でも間があれば、嘘の気配を読み取ることができると俺は考えていた。だが、大石勝はよく知った大企業の名前を、間髪容《い》れずに答えた。

「撤退理由は、もちろん俺の仲間の不祥事が原因っす」

「君を主演から降ろすって発想にならなかったのはなぜだろうか？」

大石勝は失笑した。俺の質問がいかにも馬鹿げていると言わんばかりの様子で、彼は肩をすくめてみせた。

「この企画自体が、うちの事務所が俺ありきで進めたものだったからっすよ。俺がやらないなら、この企画自体がなくなる。そういう企画が、この業界にはごまんとあるんす」

これ以上根掘り葉掘り聞くことに意味があるとも思えなかった。少なくとも、ここにいる大石勝は偽の芸能人なんかではない。そして、映画の企画が暗礁に乗り上げた事情も理解できる範疇だ。

真実かどうかはともかく、真実相当性はある。それでも返事を明日に延ばしたのは、せめてもの慎重さを示すためだった。帰りがけ、日美香はやたらと俺に絡みついてきた。が、彼女が俺に興味がないことはわかっている。

その夜、玲良は俺に何の挨拶もなく出て行った。俺は静かになった家の中で、久しぶりにたった一人で物思いに耽った。〈フォール〉に浸り、夜景遊泳を楽しんだ後は、すべての問題は小さなもののように思えた。

何しろ、ここにある資産はすべてもともと俺とは無縁のものなんだ。何を悩む必要がある？　べつにこんなもの、どうだっていいじゃないか。

5

翌日、俺は電話で日美香に投資を決めたことを語った。彼女は子猫でも生まれたみたいに喜び、何度も「大好き」と連呼した。彼女が「大好き」と言うたびに、少しずつその濃度が薄らいでいく気がした。

実際のところ、映画の企画がうまくいくとは考えていなかった。ただ、ヒットするかどうかは別にして、観客がゼロということは考えられない。主演はともかく、ほかのキャストは手堅い集客力がありそうだった。であれば、多少は損するかもしれないにせよ、大博打《おおばくち》というほどにはなるまい。一時的に口座が干上がるとしても、それは日々の仮想通貨の上がりもあるから、どうにかやっていけるはずだ。

振り込み先を聞き、〈エニア〉から即日送金することを約束した。〈エニア〉から送られた仮想通貨をコインチェック（仮想通貨取引所）に移動させれば、すぐにでも現金化が可能だ。

「ただし、こちらからも条件がある。簡単なことだが、多和田の名前は出さないでほしい。表に出すのは、あくまで〈エニア〉の名前だけ。それと、こういったお願いはもうこれっきりにしてほしい」

「わかったわかった。だーいすき」

そんざいに返事をして、彼女は一方的に電話を切った。不快感はそれほどなかった。むしろ、金一つであれほど無邪気に喜べる日美香に、毒気を抜かれたというのが正しかった。すぐに振り込みの手続きをして、書斎を出ようと振り向くと、玲良が煙草と灰皿を持って立っていた。

「これは予言でも何でもない。確定事実として言うわね。あなたは自分のしでかした愚かな決断をいずれ後悔することになる」

「後悔ならとっくにしてるよ。でも他にどうしたらよかった？」

「……はじめに私に一言あるべきだったのよ。最初にあの女が訪れてきた時にね」

「結果論だよ。仮にその場に君が居合わせても何も変わらなかった。むしろ事態は早急に悪化していたかもしれない。今頃マスコミが俺たちの悪行を暴いて……」

「私たちは、何も悪いことなんかしてない！　ただ自分が享受するべき利益を受け取っているだけ。悪いことなんか、何一つ、何一つしていない」

何一つ――そう強く言い放った。

たぶん玲良は真剣だった。殺人を俺一人の責任にしたいわけでもなかろう。かといって多和田が殺されて当然というほど突き放して考えているとも思えない。それでも、同時に本気で何も悪いことはしていないと考えているのに違いなかった。

　悪いことなんか、何一つしていない。

　あるいは、そう言い切ることでしか、彼女は未来を切り開いてこられなかったのかもしれない。そうやって家族を切り捨て、恋人を切り捨てて、ここまでの道を歩いて来たのか。

「一つだけ教えてほしい。なぜ君は俺に金の管理を任せた？　自分ですればよかった。俺には一切触らせたりせずに」

「どういうこと？」

「……興味がないから。それと、運命をすべて自分でコントロールしたくなかったから」

「あまりにすべてが思い通りに行きすぎると、人間って神様を殺してしまったようで怖くなるのよ。このままどこまでも昇っていける。太陽までつかめるって――。それは最大級の幸福だけど、同時に地に足がつかないふわふわした感じがする」

「このタワーマンションみたいに？」

「そうね。私は、ここで暮らしてるけど、ここにいる住民がみんな好きじゃない。そして、ここに染まりきる自分が何より嫌で仕方ないの。だから、すべてをコントロールするのはやめようと思った。それは、タワちゃんが亡くなったときに最初に決めたことよ」

　彼女が夜になるとマンションから出て行く理由がわかった気がした。ここにいると、すべてが完結してしまう。それは地上の楽園か、それとも柔らかな地獄なのか。その区別は、長くそこにい続けるほど判断がつきにくくなるだろう。

「もうやってしまったことは仕方ない。天命に任せるのみね。『幸福を得るには、あらゆる人間の性質の中で、勇気が最も必要である』。カール・ヒルティの言葉よ。勇気をもって自分が生かした神様に従う。それがせめてもの私の良心ってもんだから」

奇妙な信仰だった。だけど、この時代になお信仰なんて古臭いものが生き続ける余地があるとしたら、それはねじくれて自分一人にしか理解できないような、奇妙なものでしかないのかもしれない。

「せいぜい祈りましょう。映画の成功を。まあ、祈りはじめた博打うちは、だいたい破滅するけどね」

玲良は、乾いた笑いを浮かべた。俺は彼女の吐き出す煙をじっと眺めていた。そして、あまりよくないことを考えた。

上り詰めた者はどこかで消えなければならないんじゃないのか？

そう、吐き出された煙草の煙みたいに。

6

二日後——早朝の電話で、俺はまだ酒の残っている体を引きずるようにして半身を起こし、通話ボタンをタップした。ろくに画面を確かめなかった。どうせ日美香だろうと思ったからだ。

「多和田さんのお電話でよろしかったでしょうか」

〈よろしかったでしょうか〉という言い回しは好きではなかったが、この際好き嫌いは言っていられない。相手の声に聞き覚えはない。

「ええ、間違いありません」

自分が多和田だ、とはあえて言わずにおいた。この後の展開次第では、それがあだとなることも考えられたからだ。

「私、〈テイクオーサム・カンパニー〉の代表取締役の武久《たけひさ》でございます」

「ああ、どうも」

大石勝の所属事務所の社長がじきじきにかけてきたようだ。ここの事務所は、多和田にバトル用のアイドルを斡旋《あっせん》していた。電話番号を知っているのも当然だ。

「先日は、映画に投資いただきありがとうございます。我々のほうでも、ずっと滞っていた企画がようやく始動する目途がついてたいへんありがたく、厚く御礼を……」

「いえ、礼なら結構です。ご成功をお祈りします。それでは」

できるだけ短く話を済ませて切ろうとした。むだな社交辞令は省略するにかぎる。そうでないと、事務所の内部事情や何かをえんえんと語り始めるかもしれない。

ところが、武久は妙に食い下がってきた。

「じつはですね……たいへん申し上げにくいのですが……昨日、当社にお振り込みいただいた映画製作資金が、今朝口座を確認したら〈マウスハリウッド〉という社名の口座に送金されておりまして……私どものほうで調べたのですが、そんな会社は存在していないことが発覚しまして」

「……存在しない会社に送金された？　どういうことですか？」

「いや……私もちょっとまだよくわからないのですが……いわゆるペーパーカンパニーというやつじゃないでしょうか。つまりその……何らかの詐欺集団によって映画製作資金が持ち去られたのでは、と」

その口調はどこか夢うつつだった。自分でもまだ本当に起こった出来事だとは信じていない、という空気が伝わってくる。

「え……？　持ち去られた？　三十億がですか？」

「そうなんです。本当に申し訳なく……」

「何を言ってるか、わかってるんですか？」

「申し訳ありません……」

こんな他人事の謝罪はこれまでの人生で聞いたことがなかった。それとも芸能事務所ではこんなやり方がふつうなのだろうか。

「三千円じゃないんですよ。映画のスポンサーとして出資したんです。それがまるごと消えたと仰《おつしや》るんですか？」

「我々も……先ほど気づいてたいへん戸惑っておりまして……」

まるで自分が戸惑っていることが、責任逃れの口実になると信じているような言いぐさだった。

「……警察への連絡はすでに？」

それがいちばんの気がかりだった。金の行方《ゆくえ》を追うには、警察に連絡するのがいちばんだ。しかし、警察に連絡されたら、資金の透明性も疑われかねない。そうなれば、当然ここへも警察がやってくることになるだろう。

「いや、まだです」

「よかった……大事《おおごと》にする前に、まずは心当たりを考えましょう。何かお心当たりはありませんか？　俺は指定された口座に送金しました。名義は〈テイクオーサム・カンパニー〉でした」

「それは間違いありません」

「その口座を確認したのは、誰なんです？」

「私と秘書と……」

そこで、なぜか急に彼は狼狽《うろた》えはじめた。

あるいは、と考えて俺はこう尋ねた。

「大石勝が社長室に出入りした可能性はありますか？」

「……しかし、彼がそんな……」

「連絡先はご存じですか？　現在、彼と連絡は？」

「……じつは昨夜から連絡がとれず……」

俺は天を仰いだ。

「大石勝くんが私のもとに来た経緯をご存じですか？」

「いいえ」

「おたくの事務所に以前所属していた、頬月日美香という女の手引きです」

「日美香が……？　あいつとまだ付き合いがあったんですか……」

武久社長はかなり動揺しているようだった。金が消えたことよりも、大石勝が日美香と付き合いがあることのほうが彼にはよほど重要事案であるらしかった。

「ご存じではなかったんですね？」

「あいつは、今年の五月にマネージャーに暴行を加えて、仕事のギャラを持ち逃げしたまま行方知れずとなっていました」

「ギャラの持ち逃げ……」

「思い返せば、所属していた頃から悪い仲間とつるんでいた気がします。まさか、勝まで彼女とつながっていたなんて……」

落胆ぶりからは、大石勝が単に事務所の所属アイドルという以上の寵愛《ちょうあい》を受けていたことがわかる。そうでなければ、社長室への出入りも許され、口座の金を持ち逃げするような真似もできたわけがないのだ。

「やはり警察に……」

「いや、待ちましょう、まずは大石くんを探すのが先決では？　事件にしてしまえば、大石くんの芸能活動にも支障が出て、それこそヴァイラスＺの再始動の目途が立たない。それでは御社も困るでしょう」

警察の介入を回避する。それは必須だった。だけど、それでどうやって大金を回収する？　皆目見当もつかなかった。考えなければ。

電話を切ると、俺はまず日美香に連絡を入れた。だが、日美香のケータイはすでに解約されているようで、つながらなかった。あれだけの大金があれば、海外にでも渡れば一生遊んで暮らすことができる。あくせく働く必要はまったくない。バーターでの映画出演が目当てだなんて嘘だったのだ。

頭の中が真っ白になった。相変わらず、ここにいるのは無為無策の４４４３番だった。どんな人間の人生を乗っ取ろうと、この愚かな自分は死ぬまでついて回る。その絶望を、俺はようやく理解した。

俺は玲良の帰りを待った。だが、その日一日、彼女は戻らなかった。次の日も、そのまた次の日も。まるで、すべてが幻として消えたみたいだった。

7

玲良がマンションに戻ってきたのは、三日後のことだった。帰ってきた玲良は、数日前より窶《やつ》れていた。煙草と読書とスナック菓子だけの退廃的文学修業を積んだ詩人みたいな雰囲気だった。

「どこへ行ってたんだ？」

彼女は、俺の質問には答えなかった。ただ手元の単行本『競売ナンバー49の叫び』に目を落としたまま煙草をくわえ、それから遠い目で火をつけて深く吸い、煙をゆっくり吐き出した。

「じつは、三日前に〈テイクオーサム・カンパニー〉の社長から連絡があった。大石勝の行方がわからなくなっているらしい。どうやら、日美香と金を持ち逃げしたようなんだ」

「そう？　まあ、それはあの段階から予想できたことじゃない？」

今度黙るのは俺の番だった。彼女が予想していたことを、俺はちっとも想像できていなかったんだから。

「ねえ、私たち、あとどれくらいここで暮らしていけると思う？」

「……仮想通貨からの上がりがあるから、当面は大丈夫だと思う」

しょうじきなところ、それくらいは何とかなる。ただそのためには他を切り詰めないといけない。今までみたいに湯水のごとく出費していれば早々に底が見えてくる。

「これからは、堅実に生きましょう。何なら、こんなタワーマンション売って……」

そこまで言いかけて、彼女は口を閉ざした。それができない理由を思い出したのだろう。そう、あの冷凍庫だ。引っ越すには電源を抜かなければならない。電源を抜けば、死体を解凍することになる。

そうでなくとも、業者を抜きにして運ぶことはできない。いくら封印しても、冷凍庫が予想以上に重く、運ぶのに苦労するとなれば、中身を確認しようと考えるだろう。それだけは避けなければならない。

つまり——我々はここから出ることは絶対にできないのだ。

「質問に答えてくれないか。君はこの三日、どこへ行ってたんだ？」

「あなたに関係ない」

彼女は手短にそう答えて、また煙を吐き出し、頁をめくった。

「とにかく、堅実に、堅実に生きていきましょう。それしかない」

自分に言い聞かせるような言い方だった。よく見ると、彼女の腕に切り傷があった。額にも透明な絆創膏《ばんそうこう》が貼られている。

「まあ、何にせよ、金は消えた。それはあの女と関わった時点である程度覚悟はしていたことよね。今後のことを考えなきゃ」

「……あの金をとり返さないと。彼らはどこにいるのか、調べればわかるかもしれない」

「無駄よ、そんなことに時間を費やすのは馬鹿げてる」

「だけど……」

「いい？　もうこれは終わったことなの。我々は払うべき犠牲を払った。それだけのことよ。あの女に関わった時に決定していた負債を払ったということなの」

「だけど……」

「とにかく」と彼女はそれまでより強い調子で、ゆっくりと言った。「とにかく、一つだけたしかなことがある。もう日美香が私たちの前に現れることはないってことよ。彼らは金をとって、それで満足したわけだから」

玲良は冷静だった。怒りも以前より鎮まっていたし、現状に対して前向きな姿勢を保持している。

だけど——一点気になるのは、これまでになかった悟りきった雰囲気だった。何かが、あったのだ。この三日間の間に、たぶん彼女は何かとんでもない変化を経験している。

玲良、それは——何なんだ？

「あとでスーパーに買い物に行ってくる。夕飯の買い物を済ませないと」

「スーパー？」

「ちょっと離れた場所に、スーパーマーケットを見つけたの。野菜や肉が手ごろな値段で売ってたわ」

玲良からそんな言葉が飛び出したことに驚きを隠せなかった。彼女からすすんで食材を買おうなんて話が出たことは一度もなかったからだ。

しばらくすると、彼女は出かけていき、一時間後にはレジ袋にいっぱいの野菜や肉、乾麵、調味料の類を詰め込んで帰ってきた。

「地に足をつけて生きていく時期がきたのよ」

彼女はそう言って台所に立った。決定的に、彼女のなかで何かが変わってしまったのだとわかった。俺は彼女の傍らに立って野菜を洗ったり、皮をむいたりして手渡した。彼女は手際よくそれらをカットして鍋に移し、ビーフシチューを作った。鍋に入れて火にかけてしまえば、あとはどうにでもなる料理。だが、単純な動作のなかにも無駄はなかった。

それから彼女は無言でテレビを眺めていた。その報道が流れたのは、夜の六時のニュースの時間だった。政治家の裏献金問題の特集が終わり、大物芸能人の不祥事のニュースが終わった後で、次のニュースに入ろうとしたとき、不意に速報が入り込んできた。

〈今日、神奈川県相模原《さがみはら》市の国道にて、自動車がフェンスに衝突して炎上する事故が起こり、運転席に乗っていたアイドルグループ・ヴァイラスZのリーダーを務める大石勝さん、助手席にいた元タレントの頬月日美香さんが亡くなりました。発見時、二人は全身に火傷《やけど》を負っていました。目撃者の証言によると、後続車両が異常な速度で大石さんの運転する車を追いかけてきたため、ハンドル操作を誤り、フェンスに衝突したようだった、とのことです。警察は今後も事件の詳しい状況を調べると話しています〉

大石勝と日美香の死亡は、顔写真すら添えられぬ淡々とした報じられ方だった。速報だったというのもあるが、名前と簡単なキャリア紹介だけで片づけられたそのニュースは、あのあまりに生臭い人間性を漂わせた二人の死には相応しくない気すらした。

気になるのは、二人の乗った車を猛追していた車があったという情報だ。

玲良はそのニュースを無言で眺めていた。ビーフシチューが出来上がったので、俺は火を止めてそれをリビングへ運んだ。そして、彼女の前に皿を置いた。

「大石勝の自宅に急げば、まだ金が眠ってるかもしれない」

「無駄よ」

「なぜそう言い切れる？」

「確かめたから」

投げやりな調子で、玲良はそう言った。

「確かめた？」

「そう。確かめた。当然でしょ、自分たちの金をそのまま放置しておくわけにはいかない。私は大石の自宅をずっと見張っていた。彼らはすぐに家を出て三日間小さなシティホテルで息をひそめていたの。たぶん今後の移動手段の手配でもしてたんでしょう。そして今日ふたたび動きだし、大きな屋敷に向かった。二人は三十分ほどで出てくると、また車で走り出した。その先には高速道路がある。二人がどこか遠くへ向かおうとしていることはすぐにわかった。たぶん何か所かを転々として、それから――」

「高飛び？」

「おそらくね」

「だから、追いかけて殺したのか？」

否定してほしかった。だが、彼女は静かに笑っただけだった。それから窓の外を見てぼんやりとしてから呟くように言った。

「追いかけただけよ」

猛スピードで、追いかけたのだ。追突しても構わないという勢いで。その迫力に恐怖を感じて、二人は冷静さを失い、曲がるべきカーブで操作を誤った。

「お金を取り戻そうとしたけど、車がぐちゃぐちゃに変形してて確認できなかった。辛うじてまだ息のあった日美香に、金をどうしたのか尋ねた。あの女、笑ってこう答えたよ。ヤクザの借金返済に使ったって。直後に車が炎上しはじめたから、私はすぐ自分の車に戻ってその場から立ち去った。一円も取り戻せないままね」

玲良は、自分の言葉に笑ったが、同時に泣いてもいた。そして、俺は彼女がスーパーで肉や野菜を買い漁っている時の感情に想いを馳《は》せた。もう我々には、地に足をつけて生きることも許されないような気がした。

「任せておいてくれ。俺が何とかする」

気が付くと、俺はそんなことを言っていた。何のあてもないのに、ずいぶんと大見得を切った発言だった。玲良はそれに何も答えなかった。ただ、涙の海の中に身を沈めていた。

不思議だけど、この時ほど玲良を愛おしく思ったことはなかった。俺は初めて、この女の男でいようと思った。

8

手元にはまだ当座の生活費が残されていたし、日々数百万円の利益が上がってもいた。節約さえしていれば、そう遠くない将来には預金は元通りになるだろう。だが、悠長なことは言っていられない。またまとまった金が必要となるかもしれない。この程度で落ち着いているわけにはいかなかった。

手始めに、いくつか不動産を手放し、金に換えた。税金の問題はあとで考えようと思った。玲良に何不自由ない暮らしをさせなくちゃ。やはり彼女はスーパーで買い物をし、台所に立つ女ではない。彼女が引きずる過去の影を薄めてくれるのは、湯水のように使える金だけだった。

俺はそうしてかき集めた金を株に投資した。多和田が生前に買っていた、変動が少なく、安心して投じることのできる投資先に、それまでの十倍の額を入れた。

最初のうち、投資は順調だった。以前ほどではないにせよ、ある程度は回復できると思われた。だが――株の世界は何の前触れもなく押しかけてくる親戚よりも移り気だ。風が吹く時は一瞬。それで何もかも変わってしまう。

わずか三日後、俺は今度こそほぼすべての額を失うことになった。しかも、悪いことは続く。よりにもよって、今度は〈エニア〉がコインチェックから排除されたのだ。

株の失敗も痛いが、コインチェックが〈エニア〉を弾《はじ》いたことの深刻さに比べれば蟻《あり》に嚙まれたようなものだ。これによって、〈エニア〉の顧客の大半は現金化の方法を失う。それは俺自身も同じだが、一気に顧客が消えるダメージはそれ以上に計り知れない。

二日酔いのサーカスのショーでも見せられているみたいだった。ナイフ投げは的の美女を刺し殺し、ライオンは火の輪で火だるまになり、綱渡りは転げ落ちて脳みそが飛び散った。

すぐに玲良に伝えなければと思った。だけど、俺が何かを言いかけると、「お金のことは私にいちいち伝えないで」と言われた。あなたに任せてるから、と。

「そんなに危険なの？」

「……何とかする」

何とか？　どうやって？　元手がほとんどない状態で何ができるっていうんだ？

玲良はただ、一度ため息をついただけだ。それ以外、もはや何の会話もなかった。俺の愚かさに愛想が尽きたのだろう。たしかに、こんな間抜けはなかなかいまい。そいつは俺自身の自覚するところでもある。

分不相応に大金を操るなんて大望を抱いて空回ったわけだ。大石勝や日美香を全然笑えない。切羽詰まって、間違ったほうへアクセルを踏んじまったのだから。

眠る前、玲良は言った。

「わかってるでしょ、ここを出て行くわけにはいかないんだから」

「……何とかする。絶対に」

その夜、彼女は出かけなかった。俺の身体を求め、俺もそれに応じた。俺と彼女は、これまでにないほど恐怖を感じていた。

# 第八章　いちばん幸せと感じられる眺め

## 1

九月の晴れた朝のはずだった。少なくとも天気予報上はそうだった。ところが、リビングルームには、かつての明るさがなかった。

理由はすぐにわかった。隣で建設中のタワマンが、いよいよ最上階まで足場組みが終わり、視界が遮られるようになったのだ。

たったそれだけのことだが、俺はこの世の終わりを迎えたような暗鬱な気分に襲われた。ひどく心もとなく、改めて自分が場違いな存在のような気がしてきた。

俺より後に起きてきた玲良は、カーテンの向こう側の景色が閉ざされてしまったことに気づいてふうとため息をついた。

「太陽をつかめなくなったね」

その昔は、太陽がつかみ放題だった。ここは、そういう場所だったのだ。それが、今ではどうだ？　預金は底をつき、見栄えばかりが立派な暮らしに、俺たち自身が疲れ切っている。たとえ太陽がすぐそこにあっても、腕を伸ばす気力すら湧かないだろう。

「私たちには、これくらいの仄暗《ほのぐら》さがお似合いよ」

「一時的なことさ」

「そんなわけないでしょ。一度建った建物が取り壊されることはない。これからはずっとこうなの、馬鹿ね」

ただでさえ塞ぎがちだった精神が、完全に蓋をされたような感じだった。

その頃から、玲良は一層不安定になっていった。

「誰かに見張られてる気がする」

ふとした瞬間にそんなふうに妄想に駆られることが増えていった。妄想だと断言するために、カーテンを取り払い、建設現場をライトで照らし、どこにもそんな者がいないことを確かめた。罪の意識のせいだろう。もともと多和田を狙っていたと思しき刑事の存在が念頭にあるのかもしれない。

俺は窓を開けた。建設中のマンションはまだフレームだけの状態だが、すぐ下の階までは外壁が作られている。内部工事はずっと先だろうが、足場は安定している。

とはいえ、四十七階にまで登って見張りをしようなんてど根性刑事がいるとは考えにくい。それに、俺自身に関して言えば、日中も夜も、何らかの視線を感じたことは一切なかった。もっとも、それは俺が鈍感だというだけの話かもしれないけれど。

「ここよりいいタワマンなら完成次第そっちに住みたい」

彼女は、顎で建設中のタワーマンションを示した。

「待ってよ。それは無理だろ。だって……」

「直前まで電源を抜かずにおいて、ぎりぎりに運べば？」

「ダメだよ。冷凍庫は引っ越し作業の一日前には電源を切らなきゃいけない。それに、たとえここから隣のタワーマンションへの引っ越し作業だって、家具を一つ一つ移動させるわけじゃない。いったん下にまとめてから、となるはずで、結局は数時間かかるんじゃないのかな。この季節にそれだけの時間放置すれば、確実に解凍されてしまう」

玲良はため息をついた。

「だったら、ヘリでも何でも使う」

ヘリをチャーターする金はどうにかなるにせよ、そんな危険な作業が許されるわけがない。だが、それは今言っても伝わるまい。

「それくらいなら……いや、やめよう」

それくらいなら、死体を切り刻んで廃棄するほうがラクだ。だが、それは確実に自分たちを戻れぬ領域へ押し進めてしまう。たぶん俺が何を言おうとしてやめたのか、玲良にもすぐにわかったことだろう。そして、恐らくそれは玲良のなかでも受け入れられない行為だったに違いない。

だから、俺たちは二人とも黙りこんだ。

しばらくして、ひとまず、玲良の気持ちを宥《なだ》めることにした。

「まあ、ゆっくり考えよう。何かいい案があるよ」

その気休めの発言は、玲良には気に入らないようだった。

「あなたって間抜けなうえに愚図《ぐず》よね」

「間抜けな慎重派と言ってくれないかな」

だけど内心はそれどころじゃなかった。口座の額が信じがたいほど減っている。先日の取引の失敗は致命的で、その後も株の暴落は止まる気配がない。このままいけば、早々に干上がってしまうだろう。

誰かが監視しているかどうかなんてそれこそどうでもいいことだった。それよりも経済の逼迫《ひっぱく》こそが深刻だった。少なくとも、このレベルの生活を維持したいのなら、いま対策を立てないと一カ月先はないだろう。

コインチェックに替わる取引所を模索する必要があった。負の連鎖を断ち切るためには急務だ。すでに顧客の大半はべつの匿名コインに流れており、ネット上では現金化の道を閉ざされた者たちが〈エニア〉の管理者探しに躍起になっていた。早いところ、顧客に安定した闇取引所を紹介しなければ。

ところが、相談役だった〈採掘者〉たちが応答しなくなった。それどころか、運営サイトがフリーズして動かない。体中から変な汗が出た。システムが停止している。〈採掘者〉が裏切ったのだ。

終わった――。

これで〈エニア〉は死んだも同然だ。きっと今日のうちに何千億という仮想通貨がべつの闇取引所で引き出されて消える。顧客の多くは失意のうちに裁判を起こすか自殺するか運営者を殺そうと画策するだろう。

だけど、もうどうしようもない。打つ手がない。

夜になると、俺は現実逃避すべく、また〈フォール〉で街を飛び回った。かつては〈フォール〉に浸る時だけはすべてを手に入れたような気持ちになれたものだった。

だけど――仮想の俺は、建設中の隣のタワーを登りながら、深い絶望感しか抱けなかった。

何もかもこのタワーのせいだ。

コイツが、まるで高い壁みたいに俺の希望を阻んでいる。

希望は潰《つい》えた。ややもすると、体中に絶望の虫が寄り集まってきそうだった。

静香の面影も遠い。あの頃の静香をどんなふうに俺が思っていたのか、胸の高揚は思い出せても、熱い眼差し一つ具体的な像を結ぶことがない。

過去はしょせん泡沫《うたかた》ってことなのか？

俺は冷蔵庫からトラピストビールを取り出した。最近は少しずつビールの好みも変わり始めた。スーパーやコンビニですぐ手に入るようなビールはどれも甘さが口の中に残ってろくなもんじゃない。やたら泡立ちがいいだけ。どれもこれも泡沫。泡沫だ。

俺はいつの間にかソファで眠りに落ちていた。もう何もかもどうでもいい気分だった。いっそこのまま首でも絞められたらラクになる。そんな気さえした。

その夜のことだ。

「ねえ、あなたはどうして最近、元気がないの？」

まだ寝惚けた頭のままウィルキンソンの炭酸を飲んでいると、玲良が隣にやってきた。もちろん、寝起きのアレのことを言われてるわけではない。それくらいのことは俺にもわかった。

「べつに元気だよ」

「もうそういう嘘はいい。だいぶヤバそうだったけど、何とかするって言ってたじゃない？　その後どうなの？　最近あんまりお金の話を聞かないから」

「君が話すなって言うから言わないだけだよ」

「また人のせい？　ふふん、あなたってホントに人のせいにするのが好きよね。間抜けで愚図なうえに卑怯者って、けっこうタチがわるいと思う」

「何とでも言ってくれ。でも言わないのは君が話すなって言うからだ」

「それでも必要なことなら言うべきでしょう。私がどう言おうと」

「……なんかそれ、おかしくない？」

「おかしくない。主体性を持ちなさい。で、本気でヤバいわけ？」

これ以上の議論には意味がなさそうだった。それで、俺はとうとう彼女に株の投資で大損をしたこと、〈エニア〉が致命的な流出事故を起こしたらしいことを打ち明けた。最後まで話を聞いた後、彼女は俺に平手打ちを食らわせ、寝室に消えた。

玲良はもう外出しようとはしなかった。ただ寝室に籠もっていた。俺は玲良がいつか首でも吊りはしないかとそればかりが心配だった。それくらい彼女は生きる気力を失い始めているように見えた。

玲良との信頼関係を回復したかった。

だけど――それはもう今ではかなり厳しくなっている。

――自分は自分で救わないかんね。

あの日の静香の言葉が、胸を抉《えぐ》る。

だが、俺の伸ばした手は、今ここにすら届かない。

今と向き合っても、あの頃救えなかった記憶を塗り替えられるわけでもない。そんな絶望のうちに、また十日が過ぎていった。

2

経済の逼迫は、俺の想像より遥かに速足だった。

未納の公共料金がたまり、税金の滞納も発生した。まだ序の口の額とはいえ、それがすぐに払えないうちに翌月、翌々月分がやってくることは目に見えていた。

「不動産を売りましょう」

玲良が意を決してそう言うのに対し、俺は首を横に振るしかなかった。

「不動産は、とっくに売ってしまったんだ」

「なんて馬鹿なことを……」

「仕方なかった」

「もっとほかにやり方があったはずよ！」

玲良はヒステリックに叫んだ。俺は顔を背けた。自分は何もできないくせに。そう言い返しそうになるのをこらえた。

だが、内心では玲良の理不尽さへの不満が募っていた。

そもそも財産管理に関して、彼女がいっさい関わろうとせず、俺にすべてを任せたのがいけない。俺は資産運用なんて未経験の素人の元マインズくんなのに。

運命を任せるとか何とか、うまいことを言いやがって。

うまくいかなくなれば、所詮はこのザマか。

「俺に任せたことを後悔してるんだろ？」

「そりゃあそうよ。後悔しなかったら、それこそ馬鹿でしょ」

彼女は吐き捨てるように言った。

「あなたは今までの男の中でいちばん最低のクソ物件。金も愛も守れやしない、はじめから社会のクズなのよ」

「……本気で言ってるのか？」

それまで抱いたことのないような怒りの感情が、腹の奥底で膨れ上がっていくのがわかった。たとえ言われていることが十中八九真実だとしても、許せないことというのはある。だけど、彼女はかまわず続けた。

「誰が今の地位に据えてあげたと思ってんの？」

「今の地位に据えた……？　何のことだ？」

目の前にいる女が、まったく知らない女に思えた。

おまえは一体――。

「やっぱり、何もわかってなかったのね」

呆れた、と言って彼女は笑った。それから、カルバドスを取り出してなみなみと注ぎ、一気にそれを飲み干した。

彼女はひどく冷徹な目をしていた。まるでそれまで着けていた仮面をたった今外したかのようだった。

「タワちゃんはね、じつは自殺願望はなかったの。私が崔蝦俊をそそのかして殺させただけ」

「……俺に嘘の話をしていたのか？」

「なぜあなたに本当の話をしなければならないの？」

玲良は不敵に笑って、またグラスに酒を注いだ。

「だけど、蝦俊は、殺人の罪の意識に蝕《むしば》まれて、徐々に精神が崩壊していった。前はもっとまともな奴だったの。だけど、だんだん心を病んでいった。馬鹿なやつ。気にしなくていーのにさぁ。で、アイツはそんな自分の心のバランスを保つべく、配達員の４４４３番を友にしようとしはじめたってわけ。そいつがどんな無能な間抜けなのか、知りもしないでね」

「……彼はなぜ俺を？」

それはずっと気になっていたことだった。

「そうすることが、私に管理された暮らしに風穴を開けると思ったんでしょうね。浅知恵もいいとこよ。まあ、あなたのために言うと、真の友情を求める気持ちも多少はあったと思うよ？　かなり宇宙人ではあったけど、寂しがり屋な面は昔っからだったからね。

蝦俊は生きることの意味さえ見失っていた。それを４４４３番という存在を手に入れて、私を辱める楽しみも手に入れた。でもどこかで自分が崩壊していくことを恐れていたはず。だから、あなたに銃で撃たれて本人もハッピーだったんだと思うなぁ」

「ハッピー……？」

「私もハッピーになれた。もうあの〈多和田〉は限界だったからね。でも――その〈ハッピー〉も、どうやら幻想だったみたい」

彼女はそう言いながら、煙草に火をつけた。

その火は、あたかも俺たちの日々のようにおぼろで、脆《もろ》く、移り気に揺らめいている。俺が多和田に提案され、みずから選び取った気でいた暮らしは、じつはこの女が計算ずくで選ばせたものだったっていうのか？　そう言えば、初めてここを訪れた日、玲良はこう言ったのだ。

――ちょっと多和田と似てるわね。むだに清潔感のある感じが。

あれは、暗に崔瑕俊が用意した俺という人材を、次の〈多和田〉に相応しいと認めた発言だったのか。また、崔瑕俊が俺に玲良と寝ろと迫ったときの会話が浮かんだ。

――僕はこれでも彼女の好みは把握してる。彼女は君みたいな男に好意を持ちやすい。

――俺みたいなって……どういう意味ですか？

――庶民的で、清潔感があって、顔が淡泊。彼女にとって大切なことは、自分が汚された感じがしないってことだ。

玲良は日頃から刑事の存在を恐れて、崔瑕俊に替え玉を用意する時期が来ている、と訴え、それに応じて崔瑕俊は替え玉を探していた。そして、俺が訪れた。

ただし、崔瑕俊と玲良の思惑は微妙にズレていたのだ。

――ありがとう……。

崔瑕俊の声が、よみがえる。

俺はようやく、崔瑕俊が死ぬ間際に放った感謝の意味を理解した。

アイツはわかっていたんだ。いずれ自分が玲良によって消される日がくるってことを。

だから、あの時、その運命を受け入れた。

なあ、多和田さん、そうなんだろ？

「もっと早くにこうしちゃえばよかったなぁ」

いま目の前で俺に銃口を向けている女を見ればわかる。崔暇俊は彼女に殺される前にみずからを消したのだ。

なぜ――その可能性を考えなかった？

俺は、改めてこの数カ月の地に足のつかぬ暮らしを呪った。〈ネイティブダンサー号〉で地面をしっかりと確かめていれば、胸の奥にもっとも仄暗い狂気を秘めたのが誰なのか、きっとそんなことは一目瞭然だったはずなのだから。

3

銃口は、俺の心臓にしっかりと狙いが定められていた。ぶれない照準、両手でしっかりと支え、的を見据える視線。

玲良、初めてじゃないな？

俺が至近距離から崔暇俊を撃った時とはまるで違う。彼女はその引き金さえ引けば、たとえ今よりさらに数メートル離れていようと、確実に俺を射貫くことができるのだろう。

高校時代に、静香が言っていたことが思い返された。

――弓道とか射撃とかしよる人って、視力がめっちゃよくなるらしいんよ。一点に絞らないかんから、局部的視力っていうんか、視力悪くても、一点集中力がものすごいんよ。

「俺を撃って、それでどうするんだ？」

自分の声が、震えていないか確かめる余裕はなかった。もしかしたら、無様なくらいに震えていたかもしれない。だけど、この際そんなことはどうでもよかった。

玲良は一度だけ拳銃に添えた両手のうち、左手を離して煙草に添え、ゆっくり唇からそれを抜き取って火を消した。

「撃ったあとのこと？　さあ？　その後のことは、その後のことよ。とりあえず、今の段階ではっきりしていることがある。もう、愚図は要らないってことね」

彼女はそう言うと、ふたたび俺に銃口を向けた。その銃の威力を、俺はもうすでに知っている。

「俺は君が好きだった。そして今も――」

「私もよ。でもそれとこれとは、べつじゃない？」

彼女は笑った。一点の曇りもない快活な笑い方だった。

玲良は、部屋の隅にある鞄から、一揃いの黒い服を取り出した。〈ウーマイーツ〉の制服。長いあいだ、見ないようにしまってあったものだ。俺の銃弾は多和田の首を捉えたから、制服に穴は開かなかった。彼女はあの時、制服に付着した血を洗い流し、洗濯して保管しておいたようだ。

「着替えてくれる？　４４４３番くん」

何かが始まる。それは、恐らく死へと加速する儀式のようなものに違いなかった。経済の死、生活の死、そのあとにくるのは、俺自身の死だったわけか。

俺は〈ウーマイーツ〉の制服を着て、4443番に戻った。たぶん、これからこの状態で銃弾を浴びせられるのだろう。

筋書きはおそらくこうだ。

宅配を頼んだ〈ウーマイーツ〉のスタッフが突然部屋に入り込んできたので、護身用の拳銃で殺した。

今まで、二人の男を消してきた彼女にとって、三人目を消すことにさしたる決断は要らないのだろう。だけど、忘れてやしないか？

「俺を撃ったら、君はここにいられなくなる。なぜなら――あの冷凍庫の死体があるから。玲良、本当にそれでいいのか？　考え直せ」

「もう私はここから出て行くから、どうでもいいのよ。あなたを殺したあと、冷凍庫の中の死体を解凍する。警察があなたたちを発見するのは二日後？　一週間後？　もっと遅いかもね。一カ月も経てば、死亡時期なんて特定しようがない。片方の手に拳銃が握られていれば、相手を撃った後に自殺したと思うでしょうね」

「馬鹿げてる……うまくいきっこない」

「かまわないわ。死体が発見される頃には、私はもうこの国にいないもの。さあ、両手を上げたまま、窓のほうへ移動して」

俺は言われたとおり、両手を上げたまま窓辺へ向かった。

かつて、ここからは、都市の宝石を一望することができた。その光景のすべてが、自分のもので、その世界を泳ぎながら、もう一つの現実を生きようとしたものだった。

いま、窓の外に見えるのは——建設中のタワーを覆う灰色の網だけだ。

目を閉じれば、そこには数ヵ月前まで当たり前にあったネオンの海がよみがえる。

そして——。

静香——。

俺たちのあの絆はもう戻らないのか？

ここからの眺めを自分のものにしたいと思ったとき、すべての歯車は狂い出したのだ。

「大好きな景色が見られなくてかわいそうだけど、せめて瞼の裏にでも思い浮かべて。十秒待ってあげる。これはあなたのためじゃなく、私の信仰のためね。どんな人でも幸福になる権利がある。今日は、私の個人的な『幸福論』の何頁めかわからないけど、とにかく大切な一頁になるでしょうね。あなたがいちばん幸せと感じられる眺めを思い浮かべて。そこが、あなたの終わり」

俺の、終わり——。

もはや俺はその言葉に抗うこともせず、静かに目を閉じた。

そして、言われたとおり、いちばん幸せと感じられる眺めを思い浮かべた。

# 第九章　命がけで伝えなければ

1

その十秒は、これまでの人生のどんな十秒よりも長く、そして短かった。頭がフル稼働しすぎて、身体がここにあることすら実感がもてなくなったくらいだ。

あるいは、死の恐怖から逃れるために、早めに幽体離脱をしようという試みだったのか？

正気を保つには、その恐怖はあまりにも大きすぎた。俺はこの世をいつ去ってもいいと思えるほど達観しちゃいない。

スライドを引く音が響く。

だが――。

その音に重なるように、べつの音が聞こえた。

何だ？

俺は目を瞑ったまま、その音の方向に耳を澄ませた。

音はもうしなかったが、身体が違和感を捉えた。

空調だ。

一瞬、室内の籠もりきった空気圧が変わった。空気が外に抜け、また閉じた。

それはつまり――。

「そのまま動かないでください」

低い男性の声が響いた。俺は目を見開き、振り返った。

廊下に通じるドアが開き、そこに男が二人立っていた。スーツ姿の男性がそろって玲良に銃口を向けている。一人は色素の薄い肌に、細い目をした無精髭。もう一人はよく日に焼けた肌と太い眉が印象的だった。無精髭がポケットに手を入れ、チョコレート色の手帳を取り出して見せた。警察手帳だった。

「銃を下ろしてもらえますか。あなたが僕を撃っても、どうせこの男があなたを撃つ。無意味です」

無意味ではなかろうと思ったが、そんなことを言い出せる雰囲気でもない。が、さっきの違和感の理由だけははっきりした。この男たち――おそらく刑事たち――がドアを開けた瞬間に、籠もった空気が逃げ、新たな空気が入りこんだのだ。

しばらく彼らを睨みつけていた玲良だったが、やがて銃を床に放り出し、両手を上げた。

無精髭は細い目をいっそう細め、定位置から彼女に狙いを定めていた。その間に、太眉は銃を構えたまま彼女に近づき、両手を後ろに回して手錠をはめた。

「二十二時三十五分、現行犯で逮捕します」

それを見て、ようやく無精髭が銃をしまい、玲良に近づいていった。近くで見ても、目が細すぎて表情の読めない男だった。

「ずいぶん探したんですよ？　あなたが七年前に両親を殺害して行方を晦《くら》ました時から、ずーっと。そして、今日やっと捕まえられました。記念日は祝わなくっちゃいけませんね」

玲良が無精髭に唾を吐きかけた。無精髭はそれを丁寧に拭い、静かに笑い出した。

「なんであなたにたどり着けたか気になりますか？　数年前、実業家の多和田彗都のもとに若い女が入り浸ってるって、コンシェルジュから情報《タレコミ》があったんですよ。タワマンのコンシェルジュとか管理人ってけっこう警官とか警備経験のある人間のセカンドキャリアになっていましてね。まあおかげで、助かりました。こっちは定期的にあなたの行動を観察していればよかったのですから。すぐに逮捕しなかったのは、あなたが化粧も覚えて雰囲気が変わっているうえに、整形していて本ボシだという確証が得られなかったからです。だから夜な夜なあなたが外出するたびに尾行していたわけです」

見張られていたのは、崔暇俊ではなく玲良のほうだったってことか。どういうことだ？　それを崔暇俊は、わかっていたのか？

わかっていて――玲良を庇《かば》っていた？

不意に、見えていた絵が、がらりと変わる。

「なかなかこれという証拠がないまま時間ばかり流れてしまいましたが、ツキは最後まで我々を見離さなかったようです。ほら、大石勝と頬月日美香、ご存じでしょう？」

玲良がびくりと反応した。

「先日亡くなったアイドルの大石勝の親友が証言しました。大石勝は、亡くなる直前に玲良という女に追われている、とメッセージを残していたそうです。それで、ますます我々は監視体制を徹底することにしました」

今度は太眉刑事が、俺のほうにやってきて「大丈夫ですか」と声をかけた。やや遅すぎる声かけだった。彼らにとっては犯人を挙げることこそが重要で、被害者の状態は二の次だったのだろう。

「間一髪でしたね」と太眉はゴルフの腕前でも話し合うみたいに俺に言って微笑んだ。あまりに場違いな、穏やかな笑い方だった。

「ねえ、田中《たなか》さん」と無精髭が声をかけた。

田中さんと呼ばれた太眉は顔だけを無精髭に向けた。

「ちょっとほかの部屋調べてきますから、ここ頼みますよ」

言われた田中は、すぐさま玲良のもとへ向かった。

「なぜこの部屋の状況が？」

俺が尋ねると、田中は小声で答えた。

「隣の建設中のタワマンに許可を得て上がり、監視していたんです。運がよかったですよ。監視を始めたのは今日からでしたからね」

「え……今日から？」

「そうですよ。なにしろ、隣のタワーが同じ高さになったのが今日だったんでね」

「ああ……」

俺たちのおしまいの日として、今日という日は、隣のタワーマンションの建設とともに、ある意味では運命づけられていたってことだろう。

その時、素っ頓狂な声が聞こえた。

「な！　……なんですか……これは……」

それから、血相を変えて無精髭が走って戻ってきた。

「あれは、誰なんです……？」

彼が言っているのは、もちろん冷凍庫の中の崔暇俊のことだろう。そして、恐らくそれは、彼らの知っている〈多和田〉よりもずっと若いはずだ。

2

「すべてを話します」

玲良がそう切り出したのは、男たちが連絡を取り合っているさなかのことだった。

俺は玲良の顔を見た。玲良はその視線に気づいているはずなのに、絶対に俺を見ようとはしなかった。嫌な予感がした。

「冷凍庫の中の男は、多和田を殺した韓国人、崔暇俊です。彼は財産をわが物にしようと多和田に近づき、彼を殺して本人に成りすましていました。私は、その人質のようなものでした」

「ほう？　……おもしろい話が始まりましたねぇ」

と無精髭が相槌を打った。そこまで興味もなさそうだったが、おざなりにそれでも話の先をうながした。

「それで？　その、本物の多和田の死体は？」

「崔暇俊が始末したので、私は知りません。どこかの山奥とだけ」

田中が口をはさんだ。

「三谷《みたに》さん。崔暇俊ってのは、国際指名手配されてます。十代の頃に韓国で殺人を犯した容疑のある男です」

「ふうん？　ねえ、玲良さん——そう呼ばせてもらいますよ？　あなたも、その崔暇俊と一緒に死体を運んだんじゃないんですか？」

「そんな気持ち悪いこと、やりません」

玲良は毅然《きぜん》とした態度で答えた。

「まあいいでしょう。裏付けはこれからやります。で？　どうしてあなたは殺されずに済んだのです？　人質なんか要らないでしょうに。自分が身代わりになったことを知っている女なんて面倒なだけですからね」

「私が人質にされたのは、多和田しか知らない情報について、私を使う必要があったからです」

「あなたが必要な場面？　たとえば？」

「パスワードの管理です」

嘘だ。彼女はパスワードなんて何一つ知りはしない。最初の多和田は彼女をビジネスに近づけさせなかったんだから。そして、多和田の後を結果的に継ぐことになった崔暇俊も、同様に彼女を信用していなかった。崔暇俊は俺に口頭でやり方を伝えた。彼女は資産がいかに回っているのか、何一つ知らない。パスワードも、当然知るわけがない。

だが、〈エニア〉のシステムが崩壊した今では、もしかすると彼女のこの嘘はまかり通ってしまうのか？

「続けてください。あなたを人質にとっていた男がなぜ死体になっているのか」

玲良は、このタイミングで不意に顔を上げ——俺を指さした。

「あれは忘れもしない六月十六日の夜十時過ぎのことでした。レストランの宅配を頼んだ時、彼が〈ウーマイーツスタッフ〉としてやってきました。そして、入ってくるなり、崔を殺したのです。金に目がくらんで、ここの暮らしに憧れての行動でした」

「ふーん？」

三谷刑事の反応は淡泊なものだったが、玲良はその反応の薄さに気づいていなかった。自分の話をするのに夢中になっているんだ。刑事は明らかに玲良の話を疑っているというのに。

だが、実際のところ、玲良が嘘をついてるのは、俺が殺しの目的でここへやってきたという点だけであって、「ここへ来て、殺した」っていう順序だけで言えば間違っていないともいえる。

あとは、俺が彼女の言葉を認めるか否かにかかっている。

俺は、玲良を見た。この女のことをまだ愛していると言えるのか？

それは——わからなかった。

だが、哀れには思った。

だから、刑事に尋ねられるより早くこう言った。

「彼女の言うとおりです。俺がやりました……金がほしくて、殺したんです」

せめて彼女の潔白を守ろう。俺たちが守ろうとしたものが何だったのか、今ではあやふやになっている。だが、二人とも捕まってしまえば、すべてが泡沫だ。

しばしいい夢を見た。あとは自分の罪と向き合って生きる。それでいいじゃないか。

だが——。

「まあまあ、落ち着きましょうよ、マインズくん。この美人に肩入れしたい気持ちはよくわかりますよ」

無精髭の三谷はそう言いながら、スマホで応援を呼んだ。それから、俺のナンバーを読み上げ、「ウーマイーッに勤務状況を問い合わせてください」と言った。

それからどれくらいが経っただろうか。やがて三谷はニヤリと笑って「ああそう、はいはい、どーも」と言って身が軽くなったというように通話終了ボタンを押した。

「ウーマイーツの記録によれば、六月十六日、君は十時から二十二時まで配達をし続けていますね。それも練馬《ねりま》方面です。練馬から六本木じゃ車でも三十分はかかる。その女の証言と矛盾しますね」

「そんな……だけど俺は……」

「君の気持ちはわかりますよ。監禁された人間は監禁していた者を庇いたい心理に駆られるといいますからね。しかし、アリバイがある以上君が殺すのは不可能です。何より、彼女は多和田何《なに》某《がし》以前にも、自分の父母を殺している殺人鬼なのですから」

さっきまで思い描いたのとは、正反対のほうへと事態は進み始めていた。

なぜあの日に勤務記録が？

だってあの日、俺はすでにここで暮らしていて——。そもそもスマホだって持っていなかった。

あの日俺のスマホを持っていたのは、多和田――崔暇俊で……。

「ああ……」

そういうことか。

ここに至って崔暇俊が入れ替わりを提案したもう一つの理由がわかった気がした。

崔暇俊は、所有する不動産のビルあてにウーマイーツを依頼した。そして、それを俺になり替わって受注し、まとめて荷物を取りにいったんじゃないのか？

配達時間は一三時、一四時、一五時、一六時、一七時、一八時……と一時間ごとに指定できる。店で用意さえできればピックアップは何時でも可能だ。ピックアップしたものを届けず捨て、アプリで〈配達済〉のチェックだけ入れて、このマンションにやってきたのだ。

配達依頼が自分自身なら、廃棄してもクレームが入るわけはない。だから、ウーマイーツ側には「配達完了」と見做《みな》される。このウーマイーツ独自のシステムを使って、多和田は俺のためのアリバイ作りをしてくれていたわけだ。

なぜそこまで用意周到に動いたのか？

その理由は、一つしか考えられない。

崔暇俊は、俺が玲良に仕向けられ、自分を殺す羽目になることまで計算していたのだ。

いや――むしろ、俺が最初に訪れたその瞬間、その計画のために年齢や背丈、容姿が近い人材を発見して初めて、計画が可能になったのだろう。

俺が最初にウーマイーツに登録した顧客向け情報〈26歳、男、身長175cm、体重56kg〉とほぼ同じ条件をもつ崔暇俊なら、入れ替わることができるから。彼は、ポーカーでいいカードがくるのを待つみたいに、繰り返しウーマイーツの配達を頼み続けていたのだ。

そして、あの日——待っていた〈一枚〉を手にした。

玲良に一矢報いるための、有益な一枚を。

「嘘よ……嘘よ……殺したのはコイツだって！　コイツなの！」

絶叫する玲良の声が、室内にこだまする。だが、その響きに同情する者は、この空間にはもはや存在しなかった。俺は、いつかの彼女の引用を思い出していた。

不幸は幸福のために必要——。

名言ではあるが、玲良には意味を成さなくなった。その信仰が破壊される音は、悲しく惨めで胸が痛んだ。

3

電話が鳴った。応援が到着したようだった。三谷刑事は応答する間も、視線は玲良から離さなかった。

「鑑識ですか？　ああ、管理会社に言ってありますから上がらせてください。業者口のほうから」

業者のほうは混んでるぞ、と思ったが、それはもう言わなかった。

「室内に冷凍死体が一体……れいとうしたい、れい、とう、したい、わかりました？　うん……だから……いやもうそれはいいですよ……とりあえず、容疑者を今から降ろしますから。彼女を先に連れてってください。はーい」

不機嫌そうに言ってから、三谷刑事は俺の視線に気づいてニカッと笑ってみせた。

「マインズくん、災難でしたね。あなたの個人情報は確認しました。改めて捜査に協力いただくことになりますが、今日はもう帰っていただいて結構ですよ」

「え……でも……」

すると、三谷刑事は俺の耳元に顔を寄せたのだった。

「僕が君なら、秒で立ち去りますね。そうでないと、あらぬ嫌疑がまたかけられますよ？　僕はマインズくんをそんな目に遭わせたくないんです。僕にも良心ってものがありましてね」

「……はぁ」

俺は、いつの間にか、また無名の4443番に戻ったらしかった。こんな男にも優越感を抱かせてしまうほどに無名性を帯びてしまったことを、いっそ誇ってしまいたい気すらした。

まったく、馬鹿げた世界だ。


俺は、田中刑事によって連行される玲良を目で追った。玲良は、振り返って俺に涙をみせた。

「私は命がけだったのよ！　このタワーの暮らしに……あなたなんかと違って……」

「俺はただ……」

だが、その言葉の続きは言えなかった。

刑事の目を気にしたからではなかった。そんなものは、どうでもよかった。ここで仮に連行されるのが俺であっても、構いはしない。どのみち、現実感からは逸脱した、おまけのような人生の一コマでしかないのだから。

だが――単純にその先の台詞が見当たらなかった。

俺はただ――命がけで幸せにしようとした、か？　自問すると自信がなくなった。たしかにこの暮らしを愛し、守ろうとした。

だけど――。

俺は一度だけバルコニーのほうを振り返った。建設中のタワーマンションに大きく遮られた冴えない眺めは、さながら今の俺の内面の虚しさを絵にしたようでもあった。

結局俺には、誰かを愛し、守ろうとするには、何かが、あるいは、何もかもが、足りなかったのではないか。

その無力感に発するべき言葉は失われ、代わりになる言葉を探している間に刑事は玲良を連れ去ってしまったのだった。

4

タワーマンションの外へ出たのは、夜の十二時を過ぎていた。

鍵も財布もスマホも、ポーチに入ったままだった。

かつて多和田に俺のアパートを貸した時そのままの、俺のポーチだった。制服と一緒にしまわれたまま、ここ数カ月、見ようともしなかったそれが、今になってふたたび現実のメイン装置として働き出したことに、何とも奇妙な感覚があった。

ゲームの膨大なセーブデータを失って、初期設定で挑むような感じ。だけど、妙に懐かしさだけがある。何も持たない世界。ありのままの、なけなしの世界。

振り返って、タワーを見上げた。

あれほど憧れたタワマンだが、愛する女を見守るという目的を失ったいまでは、もはや戻りたいとは思わなかった。

そこから駐輪場で俺の愛車〈ネイティブダンサー号〉を見つけた時は、家族を発見したような喜びがあった。〈ネイティブダンサー号〉に乗って弁慶橋を渡る間、夜風にすらいちいち新鮮さを覚えていることが滑稽だった。夜風くらい、あのタワマンのバルコニーからでもいくらでも感じられたはずなのに。

そうして、市ヶ谷の安アパート〈すずかぜコーポ市ヶ谷〉へ戻ってきた。

俺の家。だが、ドアを開けると、予想に反してきれいに整っていた。たぶん、崔暇俊がやったのだろう。床に散らばった漫画は本棚に整然と並べられ、よく見ると棚が一つ増えていた。整理するうちに買い足す必要を感じたのだろう。残していった生ゴミは当然始末されており、嫌な臭い一つしなかった。

多和田さん……。

気が付くと、なぜか涙が溢れていた。

俺はあの男を殺してしまったのだ。

この罪悪感を、俺は個人的に背負って生きていかなければならないのだろう。

電気はまだ通じていた。カード引き落としにでもされているのか。そう思っていたら、見覚えのないキャッシュカードが通帳と共にテーブルの上に置いてあるのが目に入った。通帳には五千万円の預金が記帳されていた。恐らく、すべての引き落としはこの口座からされているのだろう。

熱いシャワーを浴びながら、考えた。

ここから、またいつもの暮らしが始まる。

明日の朝起きたら、ウーマイーツのアプリをチェックしないと。崔蝦俊が用意した預金は、早々にどこかに寄付でもしてしまうつもりだった。この国はつねに天災と隣り合わせだ。寄付すべき場所には事欠かない。

それより、俺のリハビリのためにも、一刻も早く体を動かして働きたかった。

だけど——とりあえず、寝るか。

このギシギシ音を立てる、セカストで中古購入したあまり立派ではないベッドで。


三日後——ふたたび4443番としての暮らしが始まった。

職業はウーマイーツ配達員。公共料金を払うと、ほぼ手元に何も残らず、サブスクのコンテンツを楽しむだけのしがない毎日。

これが、目下の俺の暮らし。

俺の身の丈に合った、ハンド・トゥー・マウス。

ただ一つ学んだことがある。それは直接動き、命がけで伝えなければ大切なものは失われてしまうってことだ。

そういえば、玲良の逮捕がネットニュースになっていた。彼女は都内に実兄がおり、その実兄に半ば脅迫されて〈多和田〉の名義で高価な商品を購入しては、それを持ち出し、実兄が売りさばいていたらしい。二人は警察を警戒して毎度会う場所を変えていたため、警察も兄妹が現在までつながりを持っていることを逮捕するまで把握できなかったのだとか。

玲良は外に男を作っていたのではなかったのだ。束縛の強い実兄のもとに通っていれば、男の匂いがついてくるのは仕方のないことだ。身体の痣の類も兄が商品持ち出しを強要する過程で暴行を加えられてできたものだったようだ。

それとももう一つ、警察があの部屋に踏み込んでくる前に、バルコニーにあった〈フォール〉のハーネスが切られていたらしい。玲良が、俺を殺した後でゴーグルを装着したまま飛び降り自殺を図るつもりで切ったと自供した、とネットニュースの記事は淡々と綴っている。

玲良の真意はわからない。だが、俺は玲良を〈フォール〉に誘ったときの会話を思い出した。

――一緒に飛ぶ？

――それ、わるい冗談？　飛ぶのは死ぬときよ。決めてるの。

あの時は、彼女なりの醒めた人生観を大げさに表現しただけだと思っていた。だが、彼女は本気だったのだ。あの暮らしが長くは続かないことを、崔暇俊が死ぬよりずっと前から感じていたのだ。そして、いつか楽園が終焉《しゅうえん》を迎えるときがきたら、ゴーグルを装着して、ヴァーチャルな世界を堪能しながら落下していこう――そう決めていたのに違いない。それはたしかに、仮想現実めいたあのタワーマンションの暮らしの終わりには相応しいかもしれなかった。

ネットでわかったのはそれだけだ。ここからは俺の考えたこと。

玲良はタワマンとコソ泥のような実兄の間を往復する二重生活に、身も心もボロボロになっていたんじゃないだろうか。

俺が〈多和田〉として暮らしはじめたときの会話を思い出す。

――ねえ、「幸福たらんと欲しなければ、絶対に幸福にはなれぬ」。本当だと思う？

――誰の言葉？

――思想家のアラン。そして、今のところ私の信条でもある。あなたに会えたから、もう少しこの信条を続けようかと思ってる。

あのとき、君は本当に俺を愛そうとしたんじゃないのか？　そして、いずれは実兄からも離れて――。

ああやめよう。

今さらだ。すべては過ぎ去ったこと。

それはさておき、報道でもう一つだけ初めてわかったことがある。

彼女の本名は「**猪本一花**《いのもといちか》」らしい。高校時代は射撃部に属し、拳銃を使うのも慣れたものだったようだ。

ＳＮＳでは「一花の同級生」や「友人」を名乗るアカウントが連日彼女の過去を暴露し続けた。それらの中から信憑性がありそうなものの話を総括すると、一花は両親から絶えず虐待を受けており、射撃部に入った頃から「いつか地獄を終わらせる」と意味深に周囲に洩らしていたようだ。

彼女が生きてきた壮絶な少女時代を思うと、今も胸が痛む。

最初に俺をひと目見て、彼女がハッとした顔になったことを不意に思い出した。あの時、彼女は崔暇俊が替え玉を用意したことに気づいて驚くと同時に、新たなパートナーに一縷《いちる》の希望を抱いたのではないだろうか。

なのに結局、俺は彼女から何もかも奪ってしまっただけだった。死に物狂いで救える命の数は、しょせん限られている。

そしてその一つを見つけたら、どんなことがあっても手を伸ばし、守るべきなんだ。

# エピローグ　あの日、タワマンで君と

「しばらく連絡とれんかったけど、元気なんかね？」

母親から連絡があったのは、娑婆《しゃば》の暮らしに戻って一週間も経ってからのことだ。いつものマックで、ちょうどポテトを食べはじめたタイミングだった。彼女は昔から放任主義で、数ヵ月に一度しか連絡をとってこない。

「おお、元気やで」

「ほんならええけどねぇ。ちぃとお金送ろぅか？」

以前なら、一も二もなくお願いするところだ。だが、いまの俺はわりとギリギリを楽しんでいる。

「いや、ええわ。それより、おかん困っとることとかないんか？」

「な、なんや急に。おかしな子やねぇ。今度いつ帰ってくるん？」

「ううむ、決めとらんけど……来月には一回帰るかな」

「ほうか」

声が、にわかに元気づいた。

それからあれこれと雑談をして、どうにか振りきるように電話を切った。

すぐに、通知が届く。

アイコンで、ウーマイーツからだとわかった。

マインズにとって、ウーマイーツの配達依頼はどんな時でも恵みの雨だ。日がな一日、べつに何もしなくたって、食パンをかじっていれば一日は生き延びられる。そこに〈あなたのいるエリアで、一件の配達依頼があります〉と表示される。

探偵が軽い腰を上げるように、その依頼に手を挙げるかどうかを選択する。無視するのも自由。この心地よさが、やっぱりたまらないね。

俺はあくびをしながら、配達希望のボタンを押す。

場所は、六本木だった。

だが、その届け先を見て、おや、となった。〈六本木モアグランドタワー〉。念のため、住所も確かめる。間違いない。〈六本木ハイエストタワー〉に隣接している、あのわずかに一階分だけ低いタワーだ。

最後の数日間は、新しいタワーマンションが建ってしまい、その姿すら見られなくなってしまった、あのマンション。

届け先は、その最上階の五戸あるうちの真ん中の部屋番号だった。

あの部屋か――。

俺は、即座にポテトをコーラで流し込んだ。

店を飛び出して〈ネイティブダンサー号〉に飛び乗ると、風を切って走り出した。ここから〈六本木モアグランドタワー〉までは、自転車で十分とかからない。まず、高級ピザ店〈ピザ・スペラティヴォ〉に配達する品を取りに行く。商品はクアトロチーズ・スペラティヴォだった。

「形が崩れないようにね」

「了解です」

「君、久々に見るね」

「ちょっと、いろいろありまして」

そう、ちょっといろいろありすぎたのだ。

俺は自転車に乗り、〈六本木モアグランドタワー〉を目指す。

エントランスに着くと、インターホンを鳴らした。

〈はい〉

女性の声が答えた。

「うまいを即お届け、ウーマイーツです。ご注文の品をお届けに上がりました」

〈どうぞ。お入りください〉

「あの……業者用の出入口が込み合っておりまして……ゲスト用のほうに回らせていただいてもいいですか？」

〈もちろん、かまいません〉

透明感のある声で、女性は受け応えする。

俺はゲスト用エレベータへ回る。コンシェルジュが一瞬迷惑そうな顔をしたが、オーナーの方に許可をいただきました、と告げるとそれならば、と通してくれた。

ふたたびインターホンを押すと、どうぞ、と短く女性が答え、自動ドアが開いた。エレベータへ向かうと、また自動でドアが開き、ボタンを指定することもなく勝手に動き出す。止まるのは、目的の階だけ。そういう構造になっている。〈六本木ハイエストタワー〉と同じ。

四十六階に着くと、内廊下を通り、宅配先の部屋の前に立ち、インターホンを押した。

ほどなく、ドアが開いた。

インターホン越しに聞こえていた声の主が、その姿を現した。

「え……？　もしかして創一君？」住人が俺の名を呼んだ。

その言葉を、俺は長いこと待ち望んでいた。待ち望みながら、同時にそんなものは得られないんじゃないかと恐れていた。

だけど――やはり、俺の妄想なんかじゃなかったんだ。

あの時、窓越しに出されたＳＯＳのサイン。あれは、確実に俺に向けて出されていた。

「静香だよね？　よく俺のことわかったな……」

「そら忘れんよ。だって……」

言いよどんで、彼女は頬を赤らめた。

だって……その後は、どう続く？　それは、俺が推し量らねばならないのだろうか。

「よかったらお茶でも……飲んでいかん？」

ちらっと彼女は、壁の時計を確認する。夕方の五時。恐らく、パートナーの帰宅時間を気にしているのだろう。

「いいのか？」

「もちろん」

俺は約半年間、〈六本木ハイエストタワー〉から彼女の暮らしを見守ってきた。〈フォール〉で都市を飛んでいる時は、とくに彼女がすぐそばに感じられた。最初に訪れた際、バルコニーから見下ろして彼女の姿を見つけ、こんな運命があるだろうかと思った。

距離はあっても、〈フォール〉の望遠レンズは遠くにあるものの姿形をはっきり映してくれるから、一目で彼女の中に静香の面影を感じ取ることはできた。さらにその腕に、雪の結晶を象った模様が編み込まれ、輝きを放つオーガンジー素材に翡翠が組み合わされたミサンガを見つけ、確信に変わった。何より、いまだに彼女があのミサンガをつけていることに胸が熱くなった。

以来、ずっとそこから静香を眺めていたいと望むようになった。金に目が眩《くら》んだんじゃない。あのタワマンからしか見ることのできない眺めを手に入れたかっただけなんだ。四度目に訪れたとき、ミサンガをつけて行ったのは、彼女に俺の存在を知らせたかったから。

〈フォール〉の最中、何度か彼女と目が合った気がした。

最初は気のせいだろうと思った。でも、洗濯物のことで夫らしき男に怒鳴られながら、テーブルでスマホをいじっているほっそりした手を見た時、もしかしたら彼女も俺に気づいているのでは、と考えた。その時スマホのカメラのレンズが、まっすぐ俺に向いていた。キラリと光ったのはレンズの反射だったかもしれない。カメラ機能で拡大して俺の顔を確かめていたのでは？

次に訪問した際、ミサンガをつけて行ったのは、それを確かめるためだった。

そして——その時、彼女は食い入るように長い間俺を見ていた。それまでと違って、ずっと意識的に。

直前、玲良が俺に話しかけていた。

——よそで会った際にタメ口で話してきたらすぐ警察につき出す——そういう関係。わかった？　ヨミくん。

　――わかってるよ。

　そう答えながら、俺の視線は〈フォール〉の中の静香にまっすぐ向き、静香とつかの間見つめ合っていた。間違いなく静香だ、静香もきっと俺を――そう思いながら。

　その日、多和田が間違い探しゲームをやろう、と提案してきた。一問目は左端の部屋の男。二問目は正面の部屋にいる女性について。彼女はパートナーに罵声を浴びせられており、多和田いわく〈ブレスレットをつけ〉て窓辺に立っていた。多和田はその写真を撮った。最初の一枚は、親指だけが折り曲げられ、ほかの指は伸びていた。二枚目は、それが握りこぶしに変わっていた。

　あの時は賭けの内容にばかり気を取られていたが、あとになって、ネットで調べて知った。あれは、ＤＶを受けている者が第三者に送るＳＯＳのハンドサインだった。

　つまり――静香は、明確に俺を認識してサインを送っていたのではないか。確証は持てぬものの、俺はそんな疑念をずっと抱えてきた。

　俺が彼女のミサンガに気づいたように、彼女だって俺のミサンガに気づくことはできたはず。オーガンジーという素材は独特の光沢を帯びている。それを知らない者ならば、プラチナとかダイヤとかと勘違いするかもしれないが、知っていれば質感から違いは明らかだ。

　静香は弓道部で、照準を絞るときは異様に視覚が鋭敏になるタイプだし、あとの細かな確認は、スマホの拡大でできたはず。

　多和田はあの後、俺のアパートでマンションの向かいの女と俺がお揃いのミサンガをつけて写っている写真を見つけ、自分が〈ブレスレット〉と思ったものの実物を知り、俺の目的を悟ったのだろう。俺が向かいのマンションにいる静香を見たくて出入りしていることを。

その眺めが〈過去〉でしかないことはわかっていた。俺にDVを受けていると告白しているのでは、という考えも、自分に都合のいい解釈のように思えた。実際、リビングで口喧嘩はしても、直接手を上げるシーンを目撃したことはなかったから。

結局、今の自分と静香とは接点がなく、永遠に交わることはないだろう。俺は自分にそう言い聞かせ、だからこそ、今を見つめなければ、と玲良を愛する決意を固めた。もう俺と静香に現実的な接点などあり得ないのだから。

だから、玲良を愛していこう——と。

そこに嘘はなかった。

だが、静香を夜ごと見守るのをやめなかった時点で、結局俺は、ずっと過去への未練を捨てきれていなかったのかもしれない。

それに、あのタワマン暮らしではずっと歯がゆさを感じてきた。何者かに怒鳴られて怯えた表情を浮かべる彼女を見ているだけで、守ってやれないからだ。

ゴーグル越しに静香の日常を見るのは、つらい体験でもあった。しかし、建設中のタワーがついに視界をふさいだ時、俺は深い絶望を味わうと同時に、こうも思った。つらい光景を見続けるのと、その景色を奪われるのとどっちがマシなのか？

結論は簡単だ。どっちもクソだ。そして、そこからいたってシンプルな教訓が導きだされた。

すなわち——そう、見守るだけじゃダメだということ。

見守るだけでは。

手を伸ばさなくては――。

俺には、玲良のような幸福にまつわる信仰はない。何が幸福かも知らない。ただ、たぶん幸福というものは、自分が動かないことには始まらないのだ。

「どうしたん？　入って」

「ほんまに……ええん？」

静香に引きずられるように、いつの間にか地元の訛《なま》りに戻っている自分がいた。

「相変わらず、慎重やね。それにしても、慎重すぎるわぁ、うちがずっとここからサイン出しとったのに」

「……やっぱそうやったん？　ごめん……確証がもてんくて」

「ふふ。ええよ。うちとの約束守ってくれたんやし」

「約束？」

「ちゃんとうちのこと、気づいてくれたやろ？」

「ああ……」

俺は彼女の言葉を思い出す。

――ねえ、もしもうちが今とまったく変わってしもうたら、それでもうちのこと、気づいてくれるん？

「だって、静香は何もあの頃と変わってなかったけんなぁ。あっ、いや、今のは間違い。きれいにはなった。ほんまに」

慌ててそう主張した。静香はおかしそうに笑った。

「なんも、変わっとらんね。さ、お茶入れるけん、ゆっくり話そ、山下くん……山下、創一くん」

「……ああ、それが俺の名前やったな。あんまり久しぶりに名前を呼ばれたけん、なんか、変な感じやな」

彼女はおかしそうに笑った。

「だって、山下創一くんやろ？　それ以外の何者でもないやん」

俺は――4443番としての己を、半ば受け入れつつあった。それを、彼女はいま引き戻そうとしている。

引き戻されていいのか？

山下創一として、どんなふうに生きればいいのか、まだ何一つ決まっていないのに。

けれど、扉はすでに開かれてしまった。

手を引かれ、身体のバランスをとるように、一歩、前に踏み出した。ああ、こんなふうに、何も考えずただ歩いていけばいいのか。

いいか、山下創一、見守るだけじゃダメなんだぞ。

もう一度、自分に言い聞かせた。今度こそ命がけで救わなければ。

俺はそう固く誓って、静香のあとに従って中に入った。

君をこれから、ここから助け出す。そのイメージだけは、ずっと前から出来上がっているのだ。

そう、あの日、タワマンで君と目が合った時から――。

本作品は書き下ろしです。

本作品はフィクションであり、

実在の事件、人物、団体などには一切関係ありません。

**森 晶麿**（もり・あきまろ）

一九七九年、静岡県浜松市生まれ。早稲田大学第一文学部卒業。日本大学大学院芸術学研究科博士前期課程修了。『黒猫の遊歩あるいは美学講義』で第1回アガサ・クリスティー賞を受賞しデビュー。他の著書に「偽恋愛小説家」シリーズ、『切断島の殺戮理論』『超短編！　ラブストーリー大どんでん返し』『名探偵の顔が良い　天草茅夢のジャンクな事件簿』がある。

【引用文献】

『幸福論』（第二部）　ヒルティ 著／草間平作 訳（岩波文庫）
『幸福論』　アラン 著／串田孫一・中村雄二郎 訳（白水Uブックス）

# あの日、タワマンで君と

二〇二五年四月二十一日　初版第一刷発行
二〇二五年六月一日　第二刷発行

著者　森 晶麿
発行者　庄野 樹
発行所　株式会社小学館
〒一〇一－八〇〇一　東京都千代田区一ツ橋二－三－一
編集 〇三－三二三〇－五九五九　販売 〇三－五二八一－三五五五
DTP　株式会社昭和ブライト
印刷所　萩原印刷株式会社
製本所　株式会社若林製本工場


ISBN 978-4-09-386752-8